何处是乡愁

梁衡 ——著

九州出版社
JIUZHOUPRESS

图书在版编目（CIP）数据

何处是乡愁 / 梁衡著. --北京：九州出版社，2017.10
ISBN 978-7-5108-6086-7

Ⅰ. ①何… Ⅱ. ①梁… Ⅲ. ①散文集－中国－当代
Ⅳ. ①I267

中国版本图书馆CIP数据核字（2017）第247610号

何处是乡愁

作　　者　梁衡　著
出版发行　九州出版社
地　　址　北京市西城区阜外大街甲35号（100037）
发行电话　（010）68992190/3/5/6
网　　址　www.jiuzhoupress.com
电子信箱　jiuzhou@jiuzhoupress.com
印　　刷　三河市中晟雅豪印务有限公司
开　　本　700毫米×970毫米　32开
印　　张　7.75
字　　数　180千字
版　　次　2018年1月第1版
印　　次　2018年1月第1次印刷
书　　号　ISBN 978-7-5108-6086-7
定　　价　36.00元

目 录

何处是乡愁

乡愁，这个词有几分凄美。原先我不懂，故乡或儿时的事很多，可喜可乐的也不少，为什么不说乡喜乡乐，而说乡愁呢？最近回了一趟阔别六十年的故乡，才解开这个人生之谜。

故乡在霍山脚下。一个古老美丽的小山村，水多，树多。村中两庙、一阁、一塔，有很深的文化积淀。我家院子里长着两棵大树，一棵是核桃，一棵是香椿，直翻到窑顶上遮住了半个院子。核桃，不用说了，收获时，挂满一树翠绿滚圆的小球。大人站到窑顶上用木杆子打，孩子们就在树下冒着"枪林弹雨"去拾，虽然头上砸出几个包也喜滋滋的，此中乐趣无法为外人道。香椿炒鸡蛋是一道最普通的家常菜，但我吃的那道不普通。老香椿树的根，不知何时从地下钻到我家的窑洞里，又从炕边的砖缝里伸出几枝嫩芽。我们就这样无心去栽花，终日伴香眠。每当我有小病，或有什么不快要发一下小脾气时，母亲安慰的办法是，到外面鸡窝里收一颗还发热的鸡蛋，回来在炕沿边掐几根香椿芽，咫尺之近，就在锅台上翻手做一个香椿炒鸡蛋。那种清香，那种童话式、魔术般的乐趣，永生难忘。当然炕头上的记忆还有很多，如在油灯下，枕着母亲的膝盖，看纺车的转动，听远处深巷里的狗吠和小河流水的叮咚。这次回村，我站在老炕前叙说往事，直惊得随行的人张大嘴合不拢。而村里的侄孙辈也如听古。因为那两棵大树早已被砍掉，河已不在，只有旧窑在，寂寞忆香椿。

出了院子，大门外还有两棵树，一棵是槐树，另一棵也是槐树。大的那棵特别大，五六个人也搂不住，在孩子们眼中就是一座绿山，一座树塔。长记树下总是拴着一头牛或一匹马。主干以上枝叶重重叠叠，浓得化不开。上面有鸟窝、蛇洞，还寄生有其他的小树、枯藤，像一座古旧的王宫。而爬小槐树，则是我们每天必修的功课。隐身于树顶的浓荫中，做着空中迷藏。槐树枝极有韧性，遇热可以变形。秋天大人们会在树下生一堆火，砍下适用的枝条，在火堆里煨烤，制作扁担、镰把、担钩、木杈等农具，而孩子们则兴奋地挤在火堆旁，求做一副精巧的弹弓架或一个小镰把。有树必有动物，现在野生动物事业就归国家林业部来管。村里的野物当然也不离古树，各种鸟就不用说了，松鼠、黄鼠狼、獾子、狐狸的造访是家常便饭。夏天的一个中午，正日长人欲眠，突然老槐树上掉下一条蛇，足有五尺多长，直挺挺地躺在树荫中。一群鸡，虽以食虫为天职，但还从未见过这么大的虫子，一时惊得没有了主意，就分列于蛇的两旁，圆睁鸡眼，死死地盯着它。双方相持了足有半个时辰。这时有人吃完饭在河边洗碗，就随手将半碗水泼向蛇身。那蛇一惊，嗖地一下窜入草丛，蛇鸡对阵才算收场。现在，就是到动物园里，也看不到这样的好戏。

还有一天的晚上，我一个叔叔串门回来，见树下卧着一个黑影，便上去踢了一脚，说："这狗，怎么卧在当道上！"不想那"狗"嗖地翻身逃去。星光下分明是一条狼。大约是来河边喝水，顺便在树下小憩片刻。第二天听了这故事，很令人神往，我们决心去找这只狼。长期在农村，早得了关于狼知识的秘传：铜头、铁身、麻秆腿。腿是它的最弱项。傍晚时分，四五个孩子结伴向村外走去。随身带上镰刀、斧头、绳子，这都是平时帮大人打柴的家什。大家七嘴八舌，说见了狼，我先用镰刀搂腿，你用斧砍，他用绳捆。正说得热闹，碰见一个大人，问去干什么？答，去找狼。大人厉声训斥道："天快黑了，你们还不都喂了狼？给我回去！"我们永远怀念那次未遂的捕狼壮举。

出大门外几十步即一条小河。流水潺潺，不舍昼夜。河边最热闹的场景是洗衣。在没有自来水和洗衣机之前，这是北方农村一道最美丽的风景。是家务劳动，也是社交活动，还是一种行为艺术。女人和孩子们是主角，欢声笑语，热闹非凡。许多著名的文艺作品都喜欢借用洗衣这个题材。如藏族舞蹈《洗衣歌》，歌剧《小二黑结婚》等。我们山西还有一首原汁原味的民歌就叫《亲圪蛋下河洗衣裳》。印象最深的是河边的洗衣石，有黑、红、青各色，大如案板，溜光圆润。这是多少女子柔嫩白净的双手，蘸着清清的河水，经多少代的打磨而成的呀。河边总是笑声、歌声、捶衣声，声声入耳。偶尔有一两个来担水的男子，便成了女人们围攻的目标。现在想来，那洗衣阵中肯定有小二黑、小青、亲圪蛋等。洗好的衣服就晒在岸边的草地上，五颜六色，天然画图。

我们常在河边的青草窝里放羊，高兴时就推开羊羔，钻到羊肚子下吸几口鲜奶，很是享受。那时也不懂什么过滤、消毒。清明前后，暖风吹软了柳枝，可褪下一截完整树皮管，做成柳笛，"呜哇呜哇"地乱吹。大人不洗衣时我们就在这洗衣石上玩泥，或坐上去感受它的光润。那时洗衣用皂角，村里一棵硕大的皂角树，一季收获，够全村人用上一年。皂角在洗衣石上捶碎后，它的种子会随河水漂落到岸边的泥土里，春天就长出新的皂角苗。小村庄，大自然，草木之命生生不息，孩子们的心里阳光满地。大家比赛，看谁发现了一株最大的皂角苗，然后连泥捧起种到自家的院子里。可惜，这情景永不会再有了，前几年开煤矿破坏了地下水，村里的三条河全部干涸，连河床都已荡平，树也没了踪影。洗衣歌、柳笛声都已成了历史的回声。

忆童年，最忆是黄土。我的老乡，前辈诗人牛汉，就曾以敬畏的心情写过一篇散文《绵绵土》。村里人土炕上生，土窑里长，土堆里爬。家家院里有一个神龛供着土地爷。我能认字就记住了这副对联："土能生万物，地可载山川。"黄土是我的襁褓，我的摇篮。农村孩子穿开裆裤时，就会撒尿和泥。这几年城里因为环保，不许放鞭炮，遇有喜事就踩气球，都市式的浪费。且看当年我们怎样制造声响。一群孩子，将胶泥揉匀，捏成窝头状，窝要深，皮要薄。口朝下，猛地往石上一摔，泥点飞溅，声震四野，名"摔响窝"。以声响大小定输赢，以炸洞的大小要补偿。输者就补对方一块泥，就像战败国割让土地，直到把手中的泥土输光，俯首称臣。这大概源于古老的战争，是对土地的争夺。孩子们虽个个溅成了泥花脸，仍乐此不疲。这场景现在也没有了，村子成了空壳村，新盖的小学都没有了学生。空空新教室，来回燕穿梭。村庄没有了孩子，就没有了笑声，也没有人再会去让泥巴炸出声了。

农家的孩子没有城里人吃的点心，但他们有自己的土饼干。不是"洋"与"土"的土，是黄土地的"土"。在半山处取净土一筐，砸碎，细筛，炒热。将发好的面拌入茴香、芝麻，切成条节状，与土混在一起，上火慢炒至熟，名"炒节子"。然后再筛去细土，挂于篮中，随时食用。这在城里人看来，未免有点脏，怎么能吃土呢？但我们就是吃这种零食长大的。一种淡淡的土味裹着清纯的麦香，香脆可口。天人合一，五行对五脏，土配脾，可健脾养胃，村里世代相传的育儿秘方。

从春到夏，蝉儿叫了，山坡上的杏子熟了，嫩绿的麦苗已长成金色的麦穗，该打场了。场，就是一块被碾得瓷实平整、圆形的土地。打场是粮食从地里收到家里的最后一道工序，再往下就该磨成面，吃到嘴里了。割倒的麦子被车拉人挑，铺到场上，像一层厚厚的棉被，用牲口拉着碌碡，一圈一圈地碾压。孩子们终于盼到一年最高兴的游戏季，跟在碌碡后面，一圈一圈地翻跟斗。我们贪婪地亲吻着土地，享受着燥热空气中新麦的甜香。一次我不小心，一个跟斗翻在场边的铁耙子上，耙齿刺破小腿，鲜血直流。大人说："不碍，不碍。"顺手抓起一把黄土按在伤口上，就算是止血了。至今还有一块疤痕，留作了永久的纪念。也许就是这次与土地最亲密的接触，土分子进入了我的血液，一生不管走到哪里，总忘不了北方的黄土。现在机器收割，场是彻底没有了，牲口也几乎不见了，碌碡被可怜地遗弃在路旁或沟渠里。有点"九里山前古战场，牧童拾得旧刀枪"的凄凉。

没有了，没有了。凡值得凭吊的美好记忆都没有了。只能到梦中去吃一次香椿炒鸡蛋，去摔一回泥巴、翻一回跟斗了。我问自己，既知消失何必来寻呢？这就是矛盾，矛盾于心成乡愁。去了旧事，添了新愁。历史总在前进，失去的不一定是坏事。但上天偏教这物的逝去与情的割舍，同时作用在一个人身上，搅动你心底深处自以为已经忘掉的秘密。于是岁月的双手，就当着你的面将最美丽的东西撕裂，这就有了几分悲剧的凄美。但它还不是大悲、大恸，还不至于呼天抢地，只是一种温馨的淡淡的哀伤。是在古老悠长的雨巷里"逢着一个丁香一样的结着愁怨的姑娘"。乡愁是留不住的回声，是捕捉不到的美丽。

那天回到县里，主人问此行的感想。我随手写了四句小诗：

何处是乡愁，
云在霍山头。
儿时常入梦，
杏黄麦子熟。

母亲石

　　那一年我到青海塔尔寺去，被一块普通的石头深深打动。

　　这石其身不高，约半米；其形不奇，略瘦长，平整光滑，但它却是一块真正的文化石。当年宗喀巴就是从这块石头旁出发，进藏学佛，他的母亲每天到山下背水时就在这块石旁休息，西望拉萨，盼儿想儿。泪水滴于石，汗水抹于石，背靠石头小憩时，体温亦传于石。后来，宗喀巴创立新教派成功，塔尔寺成了佛教圣地，这块望儿石就被请到庙门口。这实在是一块圣母石，现在每当虔诚的信徒们来朝拜时，都要以他们特有的习惯来表达对这块石头的崇拜。有的在其上抹一层酥油，有的撒一把糌粑，有的放几丝红线，有的放一枚银针。时间一长，这石的原形早已难认，完全被人重新塑出了一个新貌，真正成了一块母亲石。就是毕加索、米开朗琪罗再世，也创作不出这样的杰作啊！

我在石旁驻足良久，细读着那一层层的，在半透明的酥油间游走着的红线和闪亮的银针。红线蜿蜒曲折如山间细流，飘忽来去又如晚照中的彩云。而散落着的细针，发出淡淡的青光，刺着游子们的心微微发痛。我突然想起自己的母亲。那年我奉调进京，走前正在家里收拾文件书籍，忽然听到楼下有"笃笃"的竹杖声。我急忙推开门，老母亲出现在楼梯口，背后窗户的逆光勾映出她满头的白发和微胖的身影。母亲的家离我住的地方有几里地，街上车水马龙，我真不知道她是怎样拄着杖走过来的。我赶紧去扶她，她看着我，大约有几秒钟，然后说："你能不能不走？"声音有点颤抖。我的鼻子一下酸了。父亲文化程度不低，母亲却基本上是文盲，她这一辈子是典型的贤妻良母。小时每天放学，一进门母亲问的第一句话就是："肚子饿了吧？"菜已炒好，炉子上的水已开过两遍。大学毕业后先在外地工作，后调回来没有房子，就住在父母家里，一下班，还是那一句话："饿了吧。我马上去下面。"

我又想起我第一次离开母亲的时候。那年我已是十七岁的小伙子，高中毕业，考上北京的学校。晚上父亲和哥哥送我去火车站。我们出门后，母亲一人对着空落落的房间，不知道该做什么，就打来一盆水准备洗脚。但是直到几个小时后父亲送我回来，她还是两眼看着窗户，两只脚搁在盆边上没有沾一点水，这是寒假回家时父亲给我讲的。现在，她年近八十，却要离别自己最小的儿子。我上前扶着母亲，一瞬间觉得我是这世上一个最不孝顺的儿子。我还想起一个朋友讲起他的故事。他回老家出差，在城里办完事就回村里看了一下老母亲，说好明天走前就不见了。然而，当他第二天到机场时，远远地就看见母亲扶着拐杖坐在候机厅大门口。可怜天下父母心，儿女对他们的报答，哪及他们对儿女关怀的万分之一。

　　我知道在东南沿海有很多望夫石，而在荒凉的西北却有这样一块温情的望儿石，一块伟大的圣母石。它是一面镜子，照见了所有慈母的爱，也照出了所有儿女们的惭愧。

南潭泉记

霍州之下马洼村，因唐李世民过此下马而得名。儿时记忆中是一个极美丽的山村。两山一沟，东西走向。窑洞顺北坡而下，高低错落，掩映于黄土绿树之间。鸡犬相闻，炊烟袅袅，有如仙境。南山为翠柏所覆，村民推窗见绿，天生画屏。沟里有三条小河穿村而过。我家院子临近沟底，前后各有一河，朝洗青菜门前溪，夜闻窑后水淙淙。南山之顶不知何年修了文昌阁、文笔塔各一座，倒映于山下池中，取"巨笔砚影"之意。而沟底的杨、柳、椿、槐，为追探阳光，与两山比高，千树如帆，一沟绿风，为远近闻名之奇景。

村中多泉，大小十余处，最美数南潭泉。泉贴南山之根，有一老杏树护于泉上，青枝绿叶，如华盖之张。环泉一片杏林，杏林之上是连绵的古柏，堆绿叠翠，直上蓝天。泉不大，仅一席之地，甘洌沁脾，无论雨旱，涌流如常。水极清，沙粒颗颗、鱼虾往来，清晰可见。杏叶筛落一池阳光，水波陆离万变，宛若龙宫之穴。水极静，如鱼吐泡，从沙中轻轻泛出，细流漫淌，汇于数十步外的一个池塘中，蓄以灌田。池上一大沙果树，偶有鸟啄果落，叮咚有声。杏熟时，孩童攀援于树，如猿之影。

南潭泉在村人心中是神泉、药泉，可去灾、可保命。天有大旱，于此求雨，屡屡有应。人有病，来提水一罐，涤肠洗心。家父三十一岁时得大病，一年不起，高烧不退，渐至垂危。有老者说，人临走也须还一个清凉。遂到南潭取水一罐，缓缓灌下，未想竟起死回生。遇有山洪暴发，数日内河水不清，而密林中的南潭泉则神清气定，清澈如镜，为全村最后之备用水源。每到夏日，割麦打场，酷日当头。人嗓子里冒烟，牲畜顺毛流汗。大人抢夏，孩子们的任务就是到南潭提水。人喝畜饮，暑气顿消。取水多用孩子，合童贞之纯；必用瓷罐，表质朴之心。不怕头上三尺火，一片冰心在罐中。南潭泉永是村人心中一道清凉的风景。

我是上世纪五十年代离开故乡的，南潭美景时在梦中。

本世纪初某日，有村干部来京，说因开煤矿，全村已河断泉枯，水声不再，杏林不存。我心中怅然有失，断了相思，碎了旧梦。二零一七年春节回乡，忽闻喜讯，县里发展旅游，将重修南潭泉，追回旧时景。

凡村不可无水，或河或井，最好有泉。才从地心来，又在人心上流。顾盼其影，潺潺其声，一村之魂。我八岁离乡七十回，真正够得上少小离家老大还了，故乡已几经沧桑。六十年一甲子，风水今又转了回来。

南潭归来，山水之幸，吾乡之幸。

试着病了一回

　　毛泽东说过一句永恒的真理：要想知道梨子的滋味，就得亲自咬一口，尝一尝。凡对某件东西性能的探知试验，大约都是破坏性的。尝梨子总得咬碎它，破皮现肉，见汁见水。工业上要试出某构件的强度也得压裂为止。我们对自己身体强度（包括意志）的试验，最简单的方法就是生病。这也是一种无可奈何的破坏。人生一世孰能无病。但这病能让你见痛见痒，心热心急，因病而知道过去未知的事和理，这样的时候并不多，也不敢太多。我最近有幸试了一回。

　　将近岁末，到国外访问了一次。去的地方是东欧几国。这是一次苦差，说这话不是得了出国便宜又卖乖。连外交人员都怯于驻任此地。谁被派到这里就说是去"下乡"。仅举一例，我们访问时正值罗马尼亚天降大雪，平地雪深一米，但我们下榻的旅馆竟无一丝暖气，七天只供了一次温水。离开罗马尼亚赴阿尔巴尼亚时，飞机不能按时起飞，又在机场被深层次地冻了十二个小时，原来是没有汽油。这样颠簸半月，终于飞越四分之一个地球，返回国门上海。谁知将要返京时，飞机又坏了。我们又被从热烘烘的机舱里赶到冰冷的候机室，从上午八时半，等到晚八时半，又最后再加冻十二个小时。药师炮制秘丸是七蒸七晒，我们这回被反过来正过去地冻，病也就瓜熟蒂落了。这是试验前的准备。

到家时已是午夜十二时，倒头就睡，到第二天下午才醒，吃了一点东西又睡到第三天上午，一下地如脚踩棉花，东倒西歪，赶紧闭目扶定床沿，身子又如在下降的飞机中，头晕得像有个陀螺在里面转。身上一阵阵地冷，冷之后还跟着些痛，像一群魔兵在我腿、臂、身的山野上成散兵线，慢慢地却无声地压过来。我暗想不好，这是病了。下午有李君打电话来问我回来没有。我说："人是回来了，却感冒了，扛几天就会过去。"他说："你还甭大意，欧洲人最怕感冒，你刚从那里回来，说不定正是得了'欧洲感冒'，听说比中国感冒厉害。"我不觉哈哈大笑。这笑在心头激起了一小片轻松的涟漪，但很快又被浑身的病痛所窒息。

这样扛了一天又一天。今天想明天不好就去医院，明天又拖后天。北京太大，看病实在可怕。合同医院远在东城，我住西城，本已身子飘摇，再经北风激荡，又要到汽车内挤轧，难免扶病床而犹豫，望医途而生畏。这样拖到第六天早晨，有杜君与小杨来问病，一见就说："不能拖了，楼下有车，看来非输液不可。"经他们这么一点破，我好像也如泄气的皮球。平常是下午烧重，今天上午就昏沉起来。赶到协和医院在走廊里排队，直觉半边脸热得像刚出烤箱的面包，鼻扎喷出的热气还炙着自己的嘴唇。妻子去求医生说："六天了，吃了不少药，不顶用，最好住院，最低也能输点液。"这时，急诊室门口一位剽悍的黑脸护士小姐不耐烦地说："输液，输液，病人总是喊输液，你看哪儿还有地方？要输就得躺到走廊的长椅子上去！"小杨说："那也输。"那黑脸白衣小姐斜了一眼轻轻说了一句"输液有过敏反应可要死人"，便扭身走了。我虽人到中年，却还从未住过医院，也不知输液有多可怕。现代医学施于我身的最高手段就是于屁股上打过几针。白衣黑脸小姐的这句话，倒把我的热吓退了三分。我说："不行打两针算了。"妻子斜了我一眼，又拿着病历去与医生谈。这医生还认真，仔细地问，又把我放平在台子上，叩胸捏肚一番，在病历上足写了半页纸。一般医生开药方都是笔走龙蛇，她却无论写病历、药方、化验单都如临池写楷，也不受周围病人诉苦与年轻医护嬉闹交响曲的干扰。我不觉肃然起敬，暗瞧了一眼她胸前的工作证，姓徐。

幸亏小杨在医院里的一个熟人李君帮忙，终于在观察室找到一张黑硬的长条台子。台子靠近门口，人行穿梭，寒风似箭。有我的老乡张女士来探病，说："这怎么行，出门就是王府井，我去买块布，挂在头上。"这话倒提醒了妻子，顺手摘下脖子上的纱巾。女人心细，四只手竟把这块薄纱用胶布在输液架上挂起一个小篷。纱薄如纸，却情厚似城。我倒头一躺，躲进小篷成一统，管他门外穿堂风。一种终于得救的感觉浮上心头，开始平生第一次庄严地输液。

当我静躺下时，开始体会病对人体的变革。浑身本来是结结实实的骨肉，现在就如一袋干豆子见了水生出芽一样，每个细胞都开始变形，伸出了头脚枝丫，原来躯壳的空间不够用了，它们在里面互相攻讦打架，全身每一处都不平静，肉里发酸，骨里觉痛，头脑这个清空之府，现在已是云来雾去，对全身的指挥也已不灵。最有意思的是眼睛，我努力想睁大却不能。记得过去下乡采访，我最喜在疾驶的车内凭窗外眺，看景物急切地扑来闪走，或登高看春花遍野，秋林满山，陶醉于"放眼一望"，觉自己目中真有光芒四射。以前每见有病人闭目无言，就想，抬抬眼皮的力总该有的吧，将来我病，纵使身不能起，眼却得睁圆，力可衰而神不可疲。过去读史，读到抗金老将宗泽，重病弥留之际，仍大呼："过河！过河！"目光如炬，极为佩服。今天当我躺到这台子上亲身做着病的试验时，才知道过去的天真，原来病魔绝不肯夺你的力而又为你留一点神。

现在我相信自己已进入试验的角色。身下的台子就是试验台，这间观察室就是试验室。我们这些人就是正在经受变革的试验品，实验的主人是命运之神（包括死神）和那些白衣天使。地上的输液架、氧气瓶、器械车便是试验的仪器，这里名为观察室者，就是察而后决去留也，有的人也许就从这个码头出发到另一个世界去。所以这以病为代号的试验，是对人生中风景最暗淡的一段，甚而末路的一段进行抽样观察。凡人生的另一面，舞场里的轻歌、战场上的冲锋、赛场之竞争、事业之搏击，都被舍掉了。记得国外有篇报道，谈几个人重伤"死"后又活过来，大谈死的味道。那也是一种试验，更难得。但上帝不可能让每人都试着死一次，于是就大量安排了这种试验，让你多病几次。好教你知道生命不全是鲜花。

在这个观察室里共躺着十个病人。上帝就这样十个一拨地把我们叫来训话，并给点体罚。希腊神话说，司爱之神到时会派小天使向每人的心里射一支箭，你就逃不脱爱的甜蜜。现在这房里也有几位白衣天使，她们手里没有弓，却直接向我们每人手背上射入一根针，针后系着一根细长的皮管，管尾连着一只沉重的药水瓶子，瓶子挂在一根像拴马桩一样的铁柱上。我们也就成了跑不掉的俘虏，不是被爱所掳，而是为病所俘。"灵台无计逃神矢"，确实，这线连着静脉，静脉通到心脏。我先将这观察室粗略地观察了一下。男女老少，品种齐全。都一律手系绑绳，身委病榻，神色黯然，如囚在牢。死之可怕人皆有知，辛弃疾警告那些明星美女："君莫舞，君不见玉环飞燕皆尘土"；苏东坡叹那些英雄豪杰："大江东去，浪淘尽，千古风流人物。"其实无论英雄美女还是凡夫俗子，那不可抗拒的事先不必说，最可惜的还是当其风华正茂、春风得意之时，突然一场疾病的秋风，"草遇之而色变，木遭之而叶脱"，杀盛气，夺荣色，叫你停顿停顿，将你折磨折磨。

我右边的台子上躺着一个结实的大个头小伙子，头上缠着绷带，还浸出一点血。他的母亲在陪床，我闭目听妻子在与她聊天。原来工厂里有人打架，他去拉架，飞来一把椅子，正打在头上伤了语言神经，现在还不会说话。母亲附耳问他想吃什么，他只能一字一歇地轻声说："想——吃——蛋——糕。"他虽说话艰难，整个下午却都在骂人，骂那把"飞来椅"，骂飞椅人。不过他只能像一个不熟练的电报员，一个电码一个电码地往外发。

我对面的一张台子上是一位农村来的老者，虎背熊腰，除同我们一样，手上有一根绑绳外，鼻子上还多根管子，脚下蹲着个如小钢炮一样的氧气瓶，大约是肺上出了毛病。我猜想老汉是四世同堂，要不怎么会男男女女、大大小小地围了六七个人。面对其他床头一病一陪的单薄，老汉颇有点拥兵自重的骄傲。他脾气也犟，就是不要那根劳什子氧气管，家人正围着怯怯地劝。这时医生进来了，是个年轻小伙子，手中提个病历板，像握着把大片刀，大喊着："让开，让开！说了几次就是不听，空气都让你们给吸光了，还能不喘吗？"三代以下的晚辈们一起恭敬地让开，辈分小点儿的退得更远。他又上去教训病人："怎么，不想要这东西？那你还观察什么？好，扯掉，扯掉，左右就是这样了，试试再说。"医生虽年轻，但不是他堂下的子侄，老汉不敢有一丝犟劲，更敬若神明。我眼睛看着这出戏，耳朵却听出这小医生说话是内蒙古西部口音，那是我初入社会时工作过六年的地方，不觉心里生一股他乡遇故知的热乎劲，妻子也听出了乡音，我们便乘他一转身时拦住，问道："这液滴的速度可是太慢？"第二句是准备问："您可是内蒙古老乡？"谁知他把手里的那把大片刀一挥说："问护士去！"便夺门而去。

我自讨没趣，靠在枕头上暗骂自己："活该。"这时也更清楚了自己作为试验品的身份。被试验之物是无权说话的，更何况还非分地想说什么题外之话，与主人去攀老乡。不知怎么，一下想起《史记》上"鸿门宴"一节，樊哙对刘邦说的"人为刀俎，我为鱼肉"，任你国家元首、巨星名流，还是高堂老祖、掌上千金，在疾病这根魔棒下一样都是阶下囚。任你昔日有多少权力与光彩，病床上一躺，便是可怜无助的羔羊。哪儿有鲤鱼躺在砧板上还要仰身与厨师聊天的呢？我将目光集中到输液架上的那个药瓶，看那液珠，一滴一滴不紧不慢地在透明管中垂落。突然想起朱自清的《匆匆》那篇散文，时间和生命就这样无奈地一滴滴逝去。朱先生作文时大约还不如我这种躺在观察室里的经历，要不他文中摹写时光流逝的华彩乐段又该多一节的。我又想到古人的滴漏计时，不觉又有一种遥夜岑寂、漏声迢递的意境。病这根棒一下打落了我紧抓着生活的手，把我推出工作圈外，推到这个常人不到的角落里。此时伴我者唯有身边的妻子，旁人该干什么，还在干自己的。那个告我"欧洲感冒可怕"的李兄，就正在与医院一街相连的出版社里，这时正埋头看稿子。"文化大革命"中我们曾一同下放塞外，大漠著文，河边论诗，本来我们还约好回国后，有一次塞外旧友的兰亭之会。他们哪能想到我现时正被困沙滩，绑在拴马桩上呢？如若见面，我当告他，你的"欧洲感冒论"确实厉害，可以写一篇学术论文抑或一本专著，因为我记得，女沙皇叶卡捷琳娜的情人，那个壮如虎牛的波将金将军也是一下被欧洲感冒打倒而匆匆谢世的。这条街上还有一位研究宗教的朋友王君，我们相约要抽时间连侃他十天半月，合作一本《门里门外佛教谈》，他现在也不知我已被塞到这个角落里，正对着点点垂漏，一下一下，敲这个无声的水木鱼。还有我的从外地来出差的哥哥，就住在医院附近的旅馆里，也万想不到我正躺在这里。还有许多，我想起他们，他们这时也许正想着我的朋友，他们仍在按原来的思路想我此时在干什么，并设想以后见面的情景，怎么会想到我早已被凄风苦雨打到这个小港湾里。病是什么？病就是把你从正常生活轨道中甩出来，像高速公路上被挤下来的汽车，病就是先剥夺了你正常生活的权利，是否还要剥夺生的权利，观察一下，看看再说。

因为被小医生抢白了一句，我这样对着药漏计时器反观内照了一会儿，敲了一会儿水木鱼，不知是气功效应还是药液已达我灵台，神志渐渐清朗。我又抬头继续观察这十人世界（大概是报复心理，或是记者职业习惯，我潜意识中总不愿当被观察者，而想占据观察者的位置）。诗人臧克家住院曾得了一句诗："天花板是一页读不完的书。"我今天无法读天花板，因为我还没有一间可静读的病房，周围是如前门大栅栏样的热闹，于是我只有到这些病人的脸上、身上去读。

四世老人左边的台子上躺着一位老夫人，神情安详，她一会儿拥被稍坐，一会儿侧身躺下，这时正平伸双腿，仰视屋顶。一个中年女子，伸手在被中掏什么。半天乘她一撩被，我才看清她正在用一块热毛巾为老妇人洗脚，一会儿又换来一盆热水，双手抱脚在怀，以热毛巾裹住，为之暖脚良久，亲情之热足可慰肌肤之痛，反哺之恩正暖慈母之心，我看得有点眼热心跳。不用问，这是一位孝女，难怪老夫人处病而不惊，虽病却荣，那样安详骄傲。她在这病的试验中已经有了另一份收获：子女孝心可赖，纵使天意难回，死亦无恨。都说女儿知道疼父母，今天我真信此言不谬。我回头看了一眼妻子，她也正看得入神，我们相视一笑，笑中有一丝虚渺的苦味，因为我们没有女儿，将来是享不了这个福了。

再看四世老人的右边也是一位老夫人，脑中风，不会说话，手上、鼻子双管齐下。床边的陪侍者很可观，是位翩翩少年，脸白净得像个瓷娃娃，长发披肩，夹克束身，脚下皮鞋锃亮。他头上扣个耳机，目微闭，不知在听贝多芬的名曲还是田连元的评书。总之这个十人世界，连同他所陪的病人都好像与他无关。过了一会儿，大约他的耳朵累了，又卸下耳机，戴上一个黑眼罩。这小子有点洋来路，不是旁边那群四世堂里的土子侄。他双臂交叉，往椅上一靠，像个打瞌睡的"佐罗"。"佐罗"一定不堪忍受观察室里的嘈杂，便以耳机来障其聪；又不堪眼前的杂乱，便以眼罩来遮其明，我猜他过一会儿就该要掏出一个白口罩了。但是他没有掏，而是起立，眼耳武装全解，双手插在裤兜里到房外遛弯儿去了，经过我身边出门时，嘴里似还吹着口哨。不一会儿，少年陪侍的那老夫人醒来，嘴里咿咿呀呀地大喊，全室愕然，不知她要什么，护士来了也不知其意，便到走廊里大喊："×床家属哪里去了？"又找医生。我想这"佐罗"少年大约是老夫人的儿子或女婿，与刚才那位替母洗脚的女子比，真是天壤之别。

我们现在常说的一句话是阴盛阳衰，看来在发扬传统的孝道上也可佐证此论，难怪豫剧里花木兰理直气壮地唱道："谁说女子不如男！"杜甫说："心知生男恶，反是生女好。"白居易说："遂令天下父母心，不重生男重生女。"二公若健在一定抚髯叹曰："不幸言中！不幸言中！"那佐罗少年想当这十人世界里的隐士，绝尘弃世。其实谁又自愿留恋于此？他少不更事，还不知这些人都是被病神强迫拉来的，要不怎么每个人手臂上都穿一根细绳，那一头还紧缚在拴马桩上。下一次得让阎王差个相貌恶点的小鬼，专门去请他一回。

　　不知何时，在我的左边迎门又加了一长条椅子，椅前也临时立了一根铁杆，上面拴了一位男青年。他鼻子上塞着棉花，血迹一片，将头无力地靠在一位同伴身上（他还无我这样幸运，有张硬台子躺），话也不说，眼也不睁，比我右边那位用电码式语言骂人的精神还要差些。他旁边立着一位姑娘，当我将这个多病一孤舟的十人世界透视了几个来回，目光不经意地落在她身上时，心中便不由一跳。说不清是惊、是喜，还是遗憾。只是模模糊糊地觉得，这个地方不该有个她。她算比较漂亮的一类女子，虽不是宋玉说的那位"登墙窥臣三年"的美女，也不比曹植说的"翩若惊鸿，宛若游龙"的洛神，但在这个邋邋遢遢的十人世界里（现在成十一人了），她便是明珠在泥了。她约一米六五的身材，上身着一件浅领红绒线衣，下身束一条薄呢黑裙，足蹬半高腰白皮软靴，外面又通体裹一件黑色披风，在这七倒八歪的人中一立，一股刚毅英健之气隐隐可人。但她脸上有不尽的温馨，粉面桃腮，笑意静贮酒窝之中；目如圆杏，言语全在顾盼之间。是一位《浮生六记》里"笑之以目，点之以首"的芸，但又不全是。其办事爽利豁达，颇有今时风采。在他们这个三人小组中，椅子上那位陪侍，是病人的"背"，这女人就是病人的"腿"，她甩掉披风（更见苗条），四处跑着取药、端水，又抱来一床厚被，又上去揩洗血迹，问痛问痒。这女子侍奉病人之殷，我猜她的身份是病人的妹妹或女友（女友时常也是妹妹的一种），比起那个千方百计想避病房、病人而去的奶油小生可爱许多。也许是相对论作怪，爱因斯坦向人讲难懂的相对论就这样作比，与老妪为伴，日长如年；与姑娘做伴，日短如时，相对而已。这姑娘也许爱火在心，处冰雪而如沐春风。有爱就有火焰，有爱就有生活，有爱就有希望，有爱就有明天。

一会儿，这姑娘不知从哪里弄来一饭盒蒸饺，喂了病人几个，便自己有滋有味地吃起来。她以叉取饺的姿势也美，是舞台上用的那种兰花指，轻巧而有诗意。连那饺子也皮薄而白，形整而光，比平时馆子里见到的富有美感，三鲜馅的味道传来，暗香浮动。歌星奚秀兰唱"阿里山的姑娘美如水，阿里山的少年壮如山"，今天我遇到的小伙不是破头就是破鼻，无以言壮，倒是这姑娘如水之秀，如镜之明。她让我照见了什么，照见了生活。唐太宗说："以人为镜，可明得失。"抱病卧床者看青春活泼之人，心灰意懒者看爱火正炽之人，最大的感慨是：绝不能退出生活。这姑娘红杏一枝入窗来，就是在对我们大声喊，知否，外面的生活，火热依旧。我刚才还在自惭被甩出生活轨道，这时，似乎又见到了天际远航的风帆。

这时，在我这一排病台的里面处，突然起了骚动。今天观察室里这出戏的高潮就要出现。只见一胖大黑壮的约五十多岁的男子被几个人按在台子上，裤子褪到了脚下，裸着两条粗壮的大腿，脚下挡着一轻巧的白色三面屏风。这壮汉东北口音，大喊："痛死我了！痛死我了！"接着就听有人哄小孩似的说："马上就完，快了！快了！"但还是没有完。那汉子还喊："你们要干啥呢？受不了！不行了！"其声之惨，撞在天花板上又落地而再跳三跳。这时全观察室的人都屏气息声，齐向那屏风看去。因为我这个特殊的角度，屏风恰为我让出视线。就见两位只露出一双大眼睛的护士小姐，正从手术车上取下一根细管，捏起那男子的阳物，就往里面捅，原来在行导尿术。任那男子怎样呼天抢地，两小姐仍我行我素，目静如水。这样挣扎了一阵，手术（其实还够不上手术）结束，那胖子虚汗满头，犹自作惊弓之恐。两小姐摘下口罩，一位撤掉屏风，顺手向身后一搭，轻松地穿过病台，向我这边的房门口走来，那样子，像背了一个大风筝，春日里去郊游。另一位则随手将手术小车一带，头也不回，那架轻灵的小车就在她身后白如地宛如一个小哈巴狗似的左右追行。过我身边时，我偷眼一望，她们简直是两个娃娃，天真而美丽，出门扬长而去，好像踏着一曲《走在乡间的小路上》，刚才的事已了无一痕。那男子还在欷歔不已，家属正帮着提衣裤。正所谓"花自飘零水自流"，你痛你喊我走路。我心里一阵发紧，想这未免有点残酷，又想到《史记》上那句话，"人为刀俎，我为鱼肉"，人一旦沦为医生诊治（或曰惩治）的对象是多么可怜。那壮汉平日未必不凶，可现在何其狼狈，时地相异，势所然也。俗语曰："有什么不要有了病，缺什么不要缺了钱。"过去读一养生书，开篇即云："健康是幸福，无病最自由。"诚哉斯言！当我被手穿皮线，缚于马桩，扑于病台，见眼前斯景，再回味斯言，所得之益，十倍于徐医生开的针药了。过了一会儿，我又想护士漠然的态度也是对的，莫非还要她陪着病人呻吟？过去我们搞过贫穷的社会主义，大家一起穷，总不能也搞有病大家一起痛吧！势之不同，态亦不同，才成五彩世界。

　　枚乘《七发》说楚太子有病，吴人往视，不用药石针刺，而是连说了七段要言妙道，太子就"涩然汗出，霍然病已"。我今天被缚在这张台子上，对眼前的人物景观看了七遍，听了七遍，想了七遍，病身虽不霍然，已渐觉宁然，抬手看看表，指针已从中午十二时蹒跚地爬到十九时，守着个小木鱼滴滴答答，整整七个小时，明天我要问问研究佛教的王君，这等参禅功夫，便是寺里的高僧恐怕也未必能有的。再抬头一望，三大瓶药液已到更尽漏残时，只剩瓶颈处酒盅多的一点，恰这时护士也走来给我松绑。妻子便收拾床铺，送还借的枕毯。我心里不觉生打油诗一首："忽闻药尽将松绑，漫卷床物喜欲狂。王府井口跳上车，便下西四到西天（吾家住北京小西天）。"

　　当我揉着抽掉针头还发麻的左手，回望一下在这里试验了七个小时的工作台时，心里不觉又有点依依恋恋。因为这毕竟是有生第一次进医院观察室，第一次就教我明白了许多事理。病不可多得，也不可不得。奥斯特洛夫斯基的那句名言曾经整整鼓舞了我们一代人："生命对于我们每个人只有一次，人的一生应当是这样度过：回忆往事他不会因虚度年华而悔恨，也不会因为生活庸俗而羞愧；临死的时候，他能够说……"何必等那个时候，当他病了一场的时候，他就该懂得，要加倍地珍惜生命，热爱生活！这个还应感谢黑格尔老人，他的《精神现象学》，是他发现了人的意识既能当主体又能当客体这个辩证的秘密。所以我今天虽被当作试验变革的对象，又做了体验这变革过程的主体。要是一只梨子，它被人变革成汁水后再也不会写一篇《试着被人吃了一回》的。

这就是我们做人的伟大与高明。

夜 市

晚饭后，待夕阳西沉，柏油马路上的灼热稍稍散去一些，我便短衫折扇，向王府井北口的东华门街慢慢走去。来得早了一点，摆好的摊子还不多。这时拐弯处飞出一辆平板三轮，蹬车的是个长发短裤的小伙儿，口里哼着流行曲，身子一左一右地晃，两条腿一上一下地踩，那车就颠颠簸簸地冲过来，车上筐子里装满了碗和勺，丁丁当当地响。筐旁斜坐着一位姑娘，向他背上狠狠地捣了一拳，骂声："疯啦！"小伙子就越发美得扬起头，敞开胸，使劲地蹬。突然他一捏闸，车头一横，正好停在路旁一个画好白线的方格里。两人跳下车，又拖下十几根铁管，横竖一架，就是一个小棚子。雪白的棚布，车板正好是柜台，劈劈啪啪地摆上一圈碗。姑娘扯起尖嗓子，高喊一声："绿豆凉粉！"刹那间，一溜小摊就从街的这头伸到另一头，夜市开张了。

人行道上的路灯刷地一下亮了，夕阳还没有收尽余晖，但人们已不感觉它的存在。灯光逼走了日光，温和地来到人们身旁。夜灯一出来，这个世界顿时便加了几分温柔和许多随便。人们悠闲地、并无目的地从各个巷口向这里走来。白日里恼人的汽车一辆也没有了，宽阔的街面上全是推着自行车的人流，互相牵着手的男女，嬉笑奔跑着的儿童。国营商店这时大都关了门，个体小贩们似唱似叫地，就在它们的门前摆起了地摊。

一个煎饼摊吸引了我。三轮车上放了一个火炉，炉上一块油黑的方形铁板，一位中年汉子左手持一把小勺，伸向旁边的小盆里舀起一勺稀面糊，向铁板上一浇。右手持一柄小木耙，以耙的一角为圆心，飞快地绕了几圈，那面糊汁立即被拉成一张白纸，冒着热气。我正奇怪这张纸饼的薄，他左手又抓过一只鸡蛋，右手一耙砍下去，一团蛋黄正落在煎饼心上，那小耙又再画几个圈，白纸上便依稀挂了一层薄薄的黄，热气腾腾中更增加了一种隐隐的诱惑。只见他右手扔下小耙，取过一把小铲，却又不去铲饼，先在铁板上有节奏地

33

敲三下，然后将铲的薄刃沿饼的边，刷地划出一个圆圈，那张薄饼已提在他的手中，喊道："五毛一张！"那架势不像是卖饼，倒像在卖一张刚刚制作完的水印画。这一套熟练的动作，大概不过三分钟。那小勺、小耙的精致，也如工艺品，至于那把小铲，干脆就是油画家用的画铲。我立即觉得自己迈进了一个艺术的大观园，心中微微得到一种愉快的满足。

前面人群的头顶上闪出一幅挑帘，大书"道家风味"四字，十分引人。平地放着四个铁筒改装的火炉，炉口上正好压了一个鼓肚铁鏊，鏊子上有一个很厚的圆盖。和刚才做煎饼不同的是，黄色的稀面糊从鼓肚处流下，自然散成一个圆饼，这在我们家乡叫"摊黄"，是乡间极平常的吃食。但在这里就别有出处了。守摊的一男二女，像夫妻姑嫂三人，那男子不干活，只管大声招揽顾客："真正道家秘传，请看中国两千年前就有的高压锅，道人就用这种炉子炼丹做饼，长命百岁。我家这祖传的道家炊饼已有四十二年不做，今年挖掘整理，供献给首都夜市……"这时一个青年上前插问："是不是回民食品？"他大概分不清道教和伊斯兰教，那炉边的女子耳尖，迅即答道："回民、汉民都能吃，小米、玉米、黄豆，真正小磨香油。不腥不腻，养人利口。"就有人纷纷去讨。这家人可真聪明。要是白天，这宽阔的马路，这两边洁净的店堂，街上疾行的车辆，西服革履的人群，哪能容他们在这里论饼说道呢。但这是夜晚，暮色一合，城换了装，人也变了性，大家都来享受这另一种的心境。

离开这"道家食摊"没有几步，又有一个偌大的广告牌立在当地，红底白字，大书"芙蓉镇米豆腐"，旁边还有几行小注："芙蓉镇米豆腐以当地特有白米及传统秘法精制，特不远千里专程献给首都夜市。"我忍不住哈哈大笑。这芙蓉镇本是一个小说和电影里的地方，作品中有一个卖米豆腐的漂亮女郎，惹出一段曲折离奇的故事，想不到竟也拿来做了广告的由头。

香味本来是听不见看不见的，但是我此刻却明明是用耳朵和眼睛来领略这些食品的味道了。先说那大小不同高低起伏的叫卖声，只靠听觉就可以知道这食阵的庞大综杂。有的起声突峻，未报货名，先大喊一声："哎！快来尝尝。"有的故念错音，将"北京扒糕"念成"北京扒狗"；有的落音短截，前字拉长，后字急收，"炒——肝儿！"；有的学外地土话，要是卖烤羊肉，总是忘不了戴顶新疆小花帽，舌头故意不去伸直。闭目听去，七长八短，沸沸扬扬，宛如一曲交响乐在街空回荡，但再细细辨认，笛、琴、管、鼓，又都一一分明。那每一种频率，每一个波段，实在都代表着每一种香味和每一块六尺见方的地盘。

这些商贩艺术家们不但叫卖有声有韵，堆货站摊也极讲造型。卖馅饼的就故将案上的肉馅堆成一个圆球，表面撒上木耳、葱、姜、香菜之末，杂陈黑、白、黄、绿之色，远远看去五彩缤纷。卖凉粉的更构思奇巧，在一块晶莹透明的方形大冰上凿出几排圆坑，凉粉碗就一一稳在其中，白冰、白碗、白粉，冰清玉洁，素娴雅静，目光一接触就凉气袭人。再看那案边锅旁的师傅们，头上的白帽多不正而稍歪，腰间的围裙虽系实又轻撩，本是一口京腔却又故意差字走音，要是有外国人走过，还会高喊一声"OK！"。整条街面上漾着一种幽默、活泼的气氛。顾客不知不觉中有了一种替摊主辩护的宽恕心理，摆在这里的货自然就是最有特点，最该叫好的。艺术本是在劳动中创造，这时，他们手舞口唱，那火烤油灼的燥热，腰酸腿困的劳顿，全在这一声声的叫卖中，在这擀面杖有节奏的敲打声中化作了顾主的笑语和他们手中的钞票。无声的夜以她迷人的色调，将这一切轻轻地糅合在一起，连游人也一起糅了进去，糅得你心旷神怡。

这条街，前半条是吃的世界，后半条便是穿的领地。跨过半条街，香味渐稀，却色彩纷呈。服装摊的摆法自与小吃摊不同，干净、漂亮、耀目。几十条彩色锁链从铁架顶端垂下，每隔几个链孔就挂进一个衣架，架上是一件短衫或一条长裙，层层叠叠、拥锦压翠。这些时装不但用料华贵，形式也实在出奇，有一件上衣活像蒙古族的摔跤服，没有纽扣只一根腰带，并不讲究合体，随便前后两片而已。有一件裙子，灰土色，上面的图案竟全是甲骨文字，就像出土文物。一个摊位的最高处挂着一件连衣裙，上身的丝格如将军胸前的绶带，一身显贵之气，罩在透明塑料袋中，标明价格四百八十七元。我怕看错又问一遍，看摊的一个小女子说：
"这还贵啊，两天已卖出三件！"再看其他摊上一二百元一件的衣服已极平常。我不觉环顾一下周围的人也都是一鼻两眼，真想不出他们何以能这样在夏夜的凉风中一掷千金。

如果说食品摊讲究的是风味，这里要的便是时髦。那边力求土一点，强调传统；这里却极力求洋一点，专反传统。有一个摊位专营男式短裤，却围着不少女客。按说穿短裤是为凉快，这些料子却厚如帆布，颜色青灰相杂，像一块深色大理石，陈旧滞重。但买的人很多，偏要这种"流行"。一位姑娘在货摊里提起一件，便在人群的挤操间，套进双腿，拉至腰际，再将外面的裙子一褪。两条粉白的大腿和两只随便穿着一双拖鞋的赤脚，在白炽灯下分毫毕见，我立时神色大窘，而那两个小胡子摊主却连声叫好："您穿上真正盖帽！赛过好莱坞的影星，电影上的模特儿！"还伸手在裤口边摸摸，指指点点。这姑娘也不在意，掏出钱包，直视两个小伙儿："便宜一点行不行？人家还是学生呢！""好，二十，零头不要了。"一个大姑娘，当街脱裙试裤，无论如何总觉不雅，又听说还是学生，我更觉惊奇，便插了一句："是中学生还是大学生？""当然大学生！"那女孩嫌我这样提问轻看了她，硬硬地回了一句，随手抽出两张十元的票子往摊上一扔，抓起她的裙子，穿着那件大理石短裤扬长而去。

这时逛夜市的人比刚才更多，摩肩接踵，如沸如滚。夜与昼的区别是，她较白天的紧张、明朗、有节奏而更显得松弛、朦胧、散漫。所以这时候街上的人其心也并不在购物。腹不饿，亦要一碗小吃，不在吃而在品；衣不缺，又买一件新衣，不为衣身而为赏心。看他们信马由缰，随逛随买，其形其神已完全摆脱了白天的重负。年轻女子们穿着大袒胸的薄衫，脖间只要一根细项链点缀，再赤脚拖一双凉鞋。小伙子则牛仔短裤T恤衫，上些年纪的男女衣着轻软宽松，或有的就穿睡衣前来走动。借着一层暮色，大家都将自己放松到白天没有的极限。人行道栏杆上坐着一男一女，两个大人却只买了一小盘扒糕，女的端着盘，张大口便要男的来喂。那男子用竹签插一小块糕放在她口中，她就笑眯眯地挤一下眼，不用说是一对情人。一对年轻夫妇牵着一个五六岁的男孩从我身边擦过，孩子边跺脚边嚷："就要吃，就要吃！"父亲说："再吃肚子就要破了。""破了也要吃。"母亲笑了："宝贝，咱们每天来一次，把这条街都吃个遍。"三个人一起高兴地大笑起来，那份轻松随便，好像这条街是他家的一样。

　　夜深了，游人渐稀渐疏，天上的一轮月亮却更明更圆。树影婆娑，笼着归人尽兴后的醉影，凉风徐起，弄着他们飘飘的衣裙。我踏着月色往回走，想明天还要来，后天也要来。这样热天的晚上，谁耐烦去电影院，又怎能看进书去，而短衫折扇地到这本社会学、艺术学的大辞典里来悠游查检一番，随听随看，随尝随想，夏夜里还有比这更好的节目吗？

太原往事

　　与太原这个城市结缘，不觉已三十年了。回首往昔，几件小事，如岁月大树上的几片落叶，又在我心灵深处的湖面上轻轻漂荡。

　　大约是中学快毕业的那年。一次我骑车夜归，飞驰在府东街上。夏夜，凉风习习，月明如水。路旁是一色的垂柳，柳已很高，枝却又柔又长，一直低垂下来，能拂着行人的脸。路灯都给埋在柳丝里，于是这一把把的绿梳，便将那一盏盏的银灯，梳出一缕缕的柔光。树冠是一律向上鼓着，先鼓成一个大圆团，然后再散落下来，千丝万缕，参差披拂，在水银灯光中幻出奇怪的颜色，像阳光下的喷泉，像节日里的礼花。我被这美的夜色征服了，一面飞快地蹬车，让凉爽的夜风鼓满自己的衣襟，一面不时伸手去探那空中垂下来的柔条。不知怎么，我突然想起苏轼"老夫聊发少年狂"的词句来。而我当时，正是少年自狂——我被自己骤然发现了这个城市的美而激狂了。我正这样自我陶醉着，突然发现前面有块砖头，自行车猛地碰上，跃起，一下横摔在马路上。路边乘凉的人"轰"的一声笑了。我拍拍摔麻的手，赶快扶车离去。我想，他们刚才一定看见了我自作发狂的动作。但我不后悔，这个美丽的夜晚，我发现了你，太原。

在外地读书时，"文革"风云突变。一个暑假里，我回家来，为了寻那旧日里的好梦，又驱车街头。这时，头上没有了柳丝，路边没有了绿荫，只有一排胡乱砍过后留下的树桩子。我从一所很有名的中学前走过，只见玻璃被打得粉碎，墙上还留着弹孔，窗户里传出"下定决心，不怕牺牲"的歌声。最奇的是墙上的标语："弹洞校园壁，今朝更好看。"这好看吗？我的心颤抖了。

后来，我回到太原工作，而且也已渐入中年。这时的我当然再不会因一镜明月、几丝绿柳去飞车发狂。但近年来街头的变化倒真让我那曾颤抖的心里又慢生出了许多的喜悦。街上的大厦已日渐增多，马路也日渐加宽。路中间栽起了松柏，种上了花卉。太原，一天天出落得更美丽了。一日，我行至柳巷北口时，突然止步了。这里原是一处极拥挤的路口，现在一下宽得像个篮球场。更奇怪的是，路中间用铁栏杆，小心地围着两棵古槐。那树也真古得有了水平，腰粗约有三抱，树心长得撑破了树皮，有半个身子裸露在外。我知道树木是靠树皮来输送养分的，所以那没有树皮的部分已经枯死。但是，当那已剩下不多的少半扇树皮将养分送到树木之巅后，树顶上便又生出了许多新枝，而且这新枝也都已长得如股如臂了。枝头吐出的新叶，油绿油绿，在微风中闪耀着，织成一把巨伞。生与死，新与旧，竟在这里相反相成，得到了最和谐的统一。

我突然记起，这两棵树过去是挤缩在路旁小院里的，像一个被虐待的老人，在整日的嚣声尘埃中从残垣断壁中间伸出枯黑的手臂。而现在，他一下子挺身站在这明净宽阔的大路上，发出了爽朗的笑声。我面对古槐，有好一会儿，这样痴站着，这里离我十年前在柳丝下跌跤的地方并不太远，也许附近的人中当有能认出我这个呆子的吧。

太原的旧府原在晋阳。现在这个城是宋太宗赵光义于公元九七九年灭北汉后在此重建的。前几年，曾有人提议举行一次太原建城千年纪念。我想，若真要开纪念会，最好就在这两棵树下。要是锯开树干，去细细数一下它的年轮，历史学家就会发现，千年来，这座古城是怎样不断地弃旧图新，不断在废墟上成长。我若到会，也一定能在那些年轮里找见那个美好夜晚的记忆，找见在校园弹洞下的沉思和在这棵古槐树下的幻想。

我想，假如我在这个城市再工作三十年，记忆的长河里不知将有多少新的浪花飞溅，我衷心地祝愿那两棵古槐长寿，愿它们以后每一圈的年轮更宽、更圆。愿美好的事物战胜邪恶长存人间。

万鞋墙

陕北多山，千山万壑。有村名赤牛洼，世代农耕，名不见经传。近年有退休回村的干部老高，下决心搜集本地藏品，建起一农耕博物馆。我前去参观，不外锄、犁、耧、耙、车、斗、磨、碾之类，也未有见奇。当转入一巨大窑洞时，迎面一堵高墙，齐齐地码着穿旧、遗弃了的布鞋。足有两人之高，数丈之长。我问："有多少双？"答道："一万三千双。"我脱口而出："好一堵万鞋墙！"

这鞋平常是踩在脚底下的，与汗臭为伴，与尘土、泥水厮磨，是最脏最贱之物。穿之不觉，弃之不惜，几乎感不到它的存在。今天忽然集合在一起，被请到墙上，就像一队浩浩荡荡的翻身的奴隶大军，顿然感到它的伟大。鞋有各种大小、各种颜色，这是乡下人的身份证，代表着男人、女人、大人、孩子。但不管什么鞋，都已经磨得穿帮破底、绽开线头，鞋底也成了一个薄片。仔细看，还能依稀辨出原来的形式、针脚、颜色。这每一双鞋的后面都有一个故事，从女人做鞋到男人穿它去种田、赶脚、打工等，一个长长的故事。我们这一代人都是穿着母亲的手做布鞋长大的，又穿着布鞋从乡下走进城市。每一双鞋都能勾起一段心底甜蜜的或辛酸的回忆。这鞋墙就像是一堵磁墙，又像一个黑洞，我伫立良久，一时无语，半天，眼眶里竟有点潮湿。同行的几个人也突然不说话了，像同时被击中了某个痛点，被点了哑穴。大家只是仰着头细细地看，像是在寻找自己曾穿过的那一双鞋。半天，陪同来的辛书记才冒出一句："老高，你怎么想出这么个主意，怎么想出这么个主意！"

鞋墙下面还有鞋展柜，展示着山里鞋的前世今生。有一双"三寸金莲"，那是旧社妇女裹脚时的遗物，现在的女孩子绝对想不到，妙龄少女还曾以美的名义受过那样的酷刑。有一双特大号的布鞋，是本村一个大汉穿过的，足有一尺长。据说当年他的母亲很为做鞋犯愁。有一双新鞋底上纳着两个"念"字，这种鞋是男女的信物，一般舍不得沾地。有名"踢倒山"的牛鼻子鞋，有轻软华丽的绣花鞋，有雪地里穿的毡窝子鞋，也有黄河边纤夫拉纤穿的草鞋，等等，不一而足。这是山里人的才艺展示，也是他们的人生速写。

在回县里的车上，大家还在说鞋。想不到这个最普通的穿戴之物，经今天这样一上墙，竟牵动了每一个人的神经。一种鞋就是一个时代的标志。中国革命是穿着草鞋和布鞋走过来的。建国初，我们建第一个驻外使馆，大使临行前才发现脚上还穿着延安的布鞋，才匆忙到委托店里买了一双旧皮鞋上路。大约在20世纪60年代以前，北方农村的人一律穿家做的布鞋。小时穿妈妈做的鞋，成人穿老婆（陕北人叫婆姨）做的鞋。马克思说："人和人之间的直接的、自然的、必然的关系是男女之间的关系。"布鞋是维系农耕社会中男女关系和农民与土地关系的一根纽带。做鞋也成了农村妇女生命的一部分，从少女时学纳鞋底开始，一直到为妇为母，满头白发，满脸皱纹。一针一线地纳着青春，纳着生命。遇有孩子多的人家，做鞋成了女人的沉重负担。男人们很珍惜这一双鞋，夏天干活则尽量打赤脚。出门时穿上鞋，到地头就脱下来，两鞋相扣小心地放在田垄上，收工时再穿回来。每年农历正月穿新鞋是孩子们永远的企盼，也是母亲笑容最灿烂的时刻。要说乡愁、亲情、家忆，布鞋是最好的标志。在大家的议论声中，我提了一个问题，请说出自己关于鞋的最深刻的记忆。同车的老安，一个退休多年的老干部，他说："我记忆最深的是小时候的一年正月，刚换上新鞋，几步就奔到大门外，不想一脚踏到冰窟窿里，新鞋成了两团泥。回家后，我妈气得手提笤帚疙瘩，一直把我追到窑畔上。"一车人发出轰然的笑声，每个人的心底都美美地藏着这样一个又甜又酸的故事。

鞋不但是人情关系的标识，还是社会进步的符号。有人说，看一个人富不富，就看他家里地上摆的鞋。我是一九六三年进大学的，同班有一位从湘西大山里考来的同学，赤着脚上课。老师问，为什么不穿鞋。他说长这么大，就没有穿过鞋。一九六八年大学毕业，按那时的规矩，我到内蒙古农村当农民劳动一年。生产队饲养院的热炕，是冬季的晚上村民们聚会、抽烟、说事的热闹地方。腾腾的烟雾和昏暗的灯光中，炕沿下总是一大堆七扭八歪、又脏又瘪的鞋。其中有一双就是我从北京穿来的，上面已补了十三个补丁。就是后来当了记者，走遍了黄土高原的沟沟壑壑，也还是一双布鞋。遇到下雨，照样蹚泥水，一步一响声。采访后回到住地的第一件事，就是到伙房里烤鞋。九十年代我已在北京中央国家机关工作，那时的会议通知常会附一句话：请着正装。"正装"什么意思？就是要穿皮鞋。

那几天在县里采访，虽还有许多其他内容，但是脑子里总是转着那些鞋。立一堵墙以为纪念，是人们常用的方法。最著名的如巴黎公社墙，犹太人的哭墙，还有国内外经常看到的烈士人名墙。但集鞋为墙，还是第一次见到。鞋虽踩在脚下，不像帽子风光，却要承一身之重，走一生之路，最是苦重，也最易被人忘记。

我们常说"慈母手中线，游子身上衣"，却很少人说到"游子脚下鞋"。做鞋，首要是结实。先要用布浆成"衬"，裁成帮，裹成底。将麻搓成绳，锥一下，纳一针。记得幼时，深夜油灯下，躺在母亲身旁，是听着纳鞋底的刺刺声入睡的。现在市面上已找不到人工布鞋了，那天我在县里托人找了一双，不为穿，是想数一下一双鞋底要纳多少针。你猜多少？两千五百针。那堵鞋墙共有一万三千双鞋，你算一下总共要多少针呀。每一个人都说自己的事业轰轰烈烈，走过的道路艰苦曲折，又有谁想到脚下千针万线的慈母鞋呢？

鞋墙不朽。

难忘沙枣

四十多年了，我总忘不了沙枣。它是农田与沙漠交错地带特有的树种，研究黄河沙地和周边的生态不能不研究沙枣。记得我刚从北京来到河套时就对沙枣这种树感到奇怪。一九六八年冬我大学毕业后分到内蒙古临河县，头一年在大队劳动锻炼。我们住的房子旁是一条公路，路边长着两排很密的灌木丛，也不知道叫什么名字。第二年春天，柳树开始透出了绿色，接着杨树也发出了新叶，但这两排灌木却没有一点表示。我想大概早已干死了，也不去管它。后来不知不觉中这灌木丛发绿了，叶很小，灰绿色，较厚，有刺，并不显眼，我想大概就是这么一种树吧，也并不十分注意。只是在每天上井台担水时，注意别让它的刺钩着我的袖子。

六月初，我们劳动回来，天气很热，大家就在门前空场上吃饭，这时隐隐约约飘来一种花香。我一下就想起在香山脚下夹道的丁香，一种清香醉人的感受。但我知道这里是没有丁香树的。到晚上，月照窗纸，更是香浸草屋满地霜。当时很不解其因。

第二天傍晚我又去担水，照旧注意别让枣刺挂着胳膊，啊，原来香味是从这里发出的。真想不到这么不起眼的树丛里却发出这么醉人的香味。从此，我开始注意沙枣。认识的深化还是第二年春天。四月下旬我参加了县里的一期党校学习班。党校院里有很大的一片沙枣林，房前屋后也都是沙枣树。学习直到六月九日才结束。这段时间正是沙枣发芽抽叶、开花吐香的时期。我仔细地观察了它的全过程。

沙枣，首先是它的外表极不惹人注意，叶虽绿但不是葱绿，而是灰绿；花虽黄，但不是深黄、金黄，而是淡黄；个头很小，连一般梅花的一个花瓣大都没有。它的幼枝在冬天时灰色，发干，春天灰绿，其粗干却无论冬夏都是古铜色。总之，色彩是极不鲜艳引人的，但是它却有极浓的香味。我一下想到鲁迅说过的，牛吃进去的是草，挤出来的是奶，它就这样悄悄地为人送着暗香。当时曾写了一首小词记录了自己的感受：

> 干枝有刺，
>
> 叶小花开迟。
>
> 沙埋根，风打枝，
>
> 却将暗香袭人急。

一九七二年秋天，我已调到报社，到杭锦后旗的太荣大队去采访，又一次看到了沙枣的壮观。

这个大队紧靠乌兰布赫大沙漠，为了防止风沙的侵蚀，大队专门成立了一个林业队，造林围沙。十几年来，他们沿着沙漠的边缘造起了一条二十多里长的沙枣林带，沙枣林带的后面又是柳、杨、榆等其他树的林带，再后才是果木和农田。我去时已是秋后，阴历十月了。沙枣已经开始落叶，只有那些没有被风刮落的果实还稀疏地缀在树上，有的鲜红鲜红，有的没有变过来，还是原来的青绿，形状也有滚圆的和椭圆的两种。我们摘着吃了一些，面而涩，倒也有它自己的味道，小孩子们是不会放过它的，当地人把它打下来当饲料喂猪。在这里，我才第一次感觉到了它的实用价值。

首先，长长的沙枣林带锁住了咆哮的黄沙。你看那浩浩的沙海波峰起伏，但一到沙枣林前就止步不前了。沙浪先是凶猛地冲到树前，打在树干上，但是它立即被撞个粉碎，又被风卷回去几尺远，这样，在树带下就形成了一个几尺宽的无沙通道，像有一个无形的磁场挡着，沙总是不能越过。而高大的沙枣树带着一种威慑力量巍然屹立在沙海边上，迎着风发出豪壮的呼叫。沙枣能防风治沙，这是它最大的用处。

沙枣有顽强的生命力。一是抗旱力强，无论怎样干旱，只要插下苗子，就会茁壮生长，虽不水嫩可爱，但顽强不死，直到长大；二是能自卫，它的枝条上长着尖尖的刺，动物不能伤它，人也不能随便攀折它。正因为这点，沙枣林还常被用来在房前屋后当墙围，栽在院子里护院，在地边护田；三是它能抗盐碱。它的根扎在白色的盐碱土上，枝却那样红，叶却那样绿，我想大概正是从地下吸入了白色的盐碱变成了红色的枝和绿色的叶吧。因为有这些优点，它在严酷的环境里照样能茁壮地生长。

过去我以为沙枣是灌木，在这里我才发现沙枣是乔木，它可以长得很高大。那沙海前的林带，就像一个个巨人挽手站成的队列，那古铜色的粗干多么像男人健康的臂膀。我采访的林业队长是一个近六十岁的老人。二十多年来一直在栽树。花白的头发，脸上深而密的皱纹，古铜色的脸膛，粗大的双手，我一下就联想到，他像一株成年的沙枣，年年月月在这里和风沙作战，保护着千万顷的庄稼不受风沙之害。质朴、顽强、吃苦耐劳，这些可贵的品质就通过他那双满是老茧的手在育苗时注入到沙枣秧里，通过他那双深沉的眼睛在期待中注入到沙枣那红色的树干上。

不是人像沙枣，是沙枣像人。

隔过年，阴历端午节时，我到离沙地稍远一点的一个村子里采访。这个地方几乎家家房前屋后都是沙枣，就像成都平原上一丛竹林一户人家。过去我以为沙枣总是临沙傍碱而居，其叶总是小而灰，色调总是暗而旧。但在这里，沙枣依水而长，一片葱绿，最大一片叶子也居然有一指之长，是我过去看到的三倍之大。清风摇曳，碧光闪烁，居然也不亚于婀娜的杨柳，加上它特有的香味，使人心旷神怡。沙枣，原来也是很秀气的。它也能给人以美，能上能下，能文能武，能防沙，能抗暴，也能依水梳妆，绕檐护荫，接天蔽日，迎风送香。多美的沙枣！

那年冬季，我移居到县城中学来住。这个校园其实就是一个沙枣园。一进校门，大道两旁便是一片密密的沙枣林。初夏时节，每天上下班，特别是晚饭后、黄昏时，或皓月初升的时候，那沁人的香味便四处蒸起，八方袭来，飘飘漫漫，流溢不绝，让人陶醉。这时，我就感到万物都融化在这清香中，充盈于宇宙间。

宋人咏梅有一名句："暗香浮动月黄昏"，其实，这句移来写沙枣何尝不可？这浮动着的暗香是整个初夏河套平原的标志。沙枣飘香过后，接着而来的就是八百里平原上仲夏的麦香、初秋的菜香、仲秋的玉米香和晚秋糖菜的甜香。沙枣花香，香飘四季，四十多年了还一直飘在我的心里。

河套忆

白居易忆江南，最忆的是红花、绿水、桂子、芙蓉。我却常想起西北的河套，想那里的大漠、黄河、沙枣、蜜瓜。

一九六八年底，我从首都的学校毕业后被分配到内蒙古西部的一个小县里，迎接我的是狂风飞沙，几乎整天整日天地混沌朦胧，嘴里沙土不绝。风头过来时，路上的人得转过身子，逆风倒行。那风也有停歇的时候，一天我们几个人便乘了这个难得的机会，走出招待所，穿过那些武斗留下的残墙断壁，到城外去散心。只见冰冷的阳光下起伏的沙丘如瀚海茫茫，一直黄到天边。没有树，没有草，没有绿，甚至没有声音。在这里好像一切都骤然停止。我们都不说话，默默地站着，耳边还响着上午分配办公室负责人的训话："你们这些知识分子在这里自食其力，好好改造吧。"知识就是力量。我们这几个人本是有力量的，有天文知识、化学知识、历史知识，可是到哪里去自食其力呢？眼前只有这一片沙漠，心头没有一点绿荫。

春天到了，我被派和民工一起到黄河边去防汛。开河前的天气是阴沉低闷的，铅灰色的天空，像一口大锅扣在头上，不肯露出一丝蓝天。长长的大堤裹满枯草蓬蒿，在风中冷得颤抖。那茫茫大河本是西来，北上，东折，在这里绕了一个弯子又浩浩南去的。如今，却静悄悄的，裹一身银甲，像一条沉睡的巨龙。而河的那岸便是茫茫的伊克昭沙漠，连天接地，一片灰黄。我一个人巡视着五六里长的一段堤，每天就在这苍天与莽野间机械地移动，像大风中滚动着的一粒石子，我的心也像石头一样的沉。我只盼着快点开河，好离开这忧郁的天地。

一天下午，当我又在河上来回走动时，眼睛突然一亮，半天上云开一线，太阳像一团白热化的火团，挤开云缝，火团旁那铅块似的厚云受不了这炽热，渐渐由厚变薄，被熔化，被蒸发。云缝越来越宽，阳光急泻而下，在半空中洒开一个金色的大扇面。这时远处好似传来隐隐的雷鸣，我的心激动了，侧过耳朵静静地听着，声音却好像是从脚下发出的。啊，老河工说过，春气是先从地下泛动的。忽然我又发现，不知何时，黄河那身银色的铠甲裂开了一线金丝，在渐渐地扩宽。那是被禁锢了一冬的河水啊，正在阳光下欢快地闪出软软的金波。不一会儿偌大的冰河就破碎了，浮动了。黄河伸伸懒腰苏醒了，宽阔的水面漂着巨大的冰块，顺流直下，浩浩荡荡，像一支要出海的舰队。那冰块相撞着发出巨大的响声，有时前面的冰块流得稍慢一些，后面的便斜翘着，一块赶一块地压了上来，瞬时就形成一道冰坝，平静的河面陡然水涨潮涌。北国的春天啊，等不得那柳梢青绿，墙头杏红，竟来得这样勇猛。

不知何时，堤外的河滩里跑来一群觅草的马，它们狂奔着，嘶鸣着，一会儿吻吻地下的春泥，一会儿又仰天甩着长鬃。我被感染了，不禁动了那在心头关锁了许久的诗情，轻声咏道：

俯饮千里水，仰嘶万里云。

鬃红风吹火，蹄轻翻细尘。

我的心解冻了。

春天过后，我们被分配到一个生产队去当农民。每天担土拉车，自食其力。生活是单调的，但倒也新鲜。书全都锁进了箱子。我从头学着怎样锄草、间苗、打坷垃。我已学会用一根叫"担杖"的棍子担土，学会不怕膻味吃羊肉汤泡糕，还知道酸菜烩猪肉时最好用铜锅，那菜就越煮越泛出鲜绿。高兴时也去和放马的后生们一起骑上马在草地上狂奔，只是不敢备鞍，怕摔下来挂了镫。晚上也到光棍房里去听古，有时也能凑上去开几句粗野的玩笑。一次，我从牧人处得到了一个黑亮的野黄羊角，竟用心地雕起烟嘴来。渐渐，我们的饭量大了，胳膊腿粗了，只是不怎么用脑了，对箱子里的书也渐渐淡忘。只有偶尔开会夜归，抬头望天，学天文的就指给大家，那是"牛郎"，那是"织女"。抱把柴火蒸馒头时，学化学的就挽起袖子来兑碱，算是我们还有一点知识。

　　夏初的一夜，经过一天的劳累，我在泥壁草顶的小屋里酣卧。一觉醒来，月照中天，寰宇一片空明，窗外的院子白得像落了一层薄霜。不知为什么，我不觉动了对北京的思念。这时的北海，当是碧水涟涟，繁花似锦了。铁狮子胡同我们那个古老的校园——那里曾是鲁迅先生不能忘却的刘和珍君牺牲的地方——这时那一树树的木槿该又用她硕密的花朵去遮掩那明净的教室。图书馆的楼下一定也泛起了一阵阵的清香，那满园的丁香该已经开放。和着月色，我忆起宋人的诗句，"暗香浮动月黄昏"。这样不知过了多时，便又在一种浮动的暗香中朦胧睡去了。

翌日，我起来扫院子，鼻间总有一种若有若无的清香。我怀疑还是昨夜的梦，但这香又总不肯退去。原来沙枣花已悄悄绽开。我拉着扫把伫立着，房东大爷看见了说："后生，想家了吧，春过了，你们也该走了。"我说："大爷，我们不走了，就在这里当一辈子农民。"不料，他胡子一抖，脸上闪过一丝不快。连说："那还行？那还行？"

一年后，我们自然是分配了，工作了，各自去自食其力了。去年夏天，我们这一伙河套人在北京的一个朋友家里小聚。主人说要给大家吃一件稀罕物，说着便捧出一个金黄如碗大的东西。众人一见，不觉齐声惊呼："河套蜜瓜！"在北京见到这种东西，真如他乡遇故人，席间气氛顿时活跃。瓜切开了，那瓤像玉，且清且白，味却极甜，似糖似蜜，立时香溢满室。

老朋友们尽情畅谈，经过那场沧桑之变，各人终于又走上了自己的路。大家诉说着，互相安慰、祝贺、勉励。当然，也少不了忆旧，重又陶醉河套平原那迷人的夏夜、火红的深秋，最后自然又谈到桌上的蜜瓜。那样苦的地方，怎么能产出这样好的瓜呢？我们这些在那块土地上生活过的人自然知道，正因为经了那风沙、干旱和早晚极悬殊的温差，这瓜里的蜜才酿炼得这样甜、这样浓。事物本是相反才能相成的。

　　河套，我永不会忘记那个我刚开始学步的地方。

万里长城一红柳

中国北方最明显的地理标志就是长城。从山海关到嘉峪关，逶迤连绵穿行在崇山峻岭之上，将秦汉到明清的文化符号——镌刻在苍茫的大地上。如果是夕阳西下的时候，一抹红霞涂染了曲曲折折的石墙，又为烽火台、戍楼勾勒出金色的轮廓。这时，你遥望天边的归雁，听北风掠过衰草黄沙，心头不由会泛起一种历史的苍凉。可是谁也没有注意到万里长城由东向西进入陕北府谷境内后，轻轻地拐了一个弯。这个弯子很像旧时耕地的犁，此处就叫犁辕山。这气势浩大，如大河奔流般的长城，怎么说拐就拐了呢。现在能给出的解释，只是为了一座寺和一棵树——一棵红柳树。

那天，我沿着长城一线走到犁辕山头，一抬眼就被这棵红柳惊呆了，心中暗叫：好一个树神。红柳是专门在沙漠或贫瘠土地上生长的一种灌木，极耐干旱、风沙、盐碱。因为生在严酷的环境下，它长不高，也长不粗。当年我曾在乌兰察布和沙漠的边缘工作，常与红柳为伴。它大部分的枝条只有筷子粗细，披散着身子，匍匐在烈日黄沙中或白花花的碱滩上。为减少水分的流失，它的叶子极小，成细穗状，如不注意你都看不到它的叶片。这红柳自己活得艰苦却不忘舍身济世，它的枝叶煮水可治小儿麻疹，它的枝条鲜红艳丽，韧性极好，是农民编筐、编篱笆墙的好材料。我大约有一年多的时间，就住在红篱笆墙的院子里，每天挑着红柳筐出入。如果收工时筐里再装些黄玉米、绿西瓜，这在一色黄土的塞外真是难得一见的风景。但它最大的用途是防风固沙，防止水土流失。红柳与沙棘、柠条、骆驼刺等，都是黄土地上矮小无名的植物，最不求闻达，耐得寂寞，许多人都叫不出它的名字。但是眼前的这棵红柳却长成了一株高大的乔木，有一房之高，一抱之粗。它挺立在一座古寺旁，深红的树干，遒劲的老枝，浑身鼓着拳头大的筋结，像是铁水或者岩浆冷却后的凝聚。我知道这是烈日、严霜、风沙、干旱九蒸九晒、千难万磨的结果。而在这些筋结旁又生出一簇簇柔嫩的新枝，开满紫色的小花，劲如钢丝，灿若朝霞。只有万里长城的秦关汉月、漠风塞雪才能孕育出这样的精灵。它高大的身躯摇曳着，扫着湛蓝的天空，覆盖着这座乡间的古寺，一幅古典的风景画。而奇怪的是，这庙门上还挂着一块牌子：长城保护站。

站长姓刘，我问保护站怎么会设在这里？他说：这是佛缘。说是保护站，其实是几个志愿者自发成立的团体。老刘当过兵，在部队上曾是一个营教导员，他给战士讲课，总说军队是长城，退下来后回到了长城脚下，看着这些残破的戍楼土墙，心里说不清是什么味道，就想保护长城。府谷境内共有明代长城一百公里，上有墩台一百九十六个，这寺正好在长城的中点。他每次走到这里，就在这棵红柳树下歇歇脚，四周少林无树，就只有这一点绿色。放眼望去，茫茫高原，沟壑纵横，万里长城奔来眼底。他稍一闭眼，就听到马嘶镝鸣，隐隐杀声。可再一睁眼，只有残破的城墙和这株与他相依为命的红柳。一开始为了巡视方便，他就借住在寺里。后来身边慢慢聚集了五六个志愿者，就挂起了牌子。

人们常说"天下名山僧占尽"，可这里并不是什么名山，黄土高原，深沟大壑，山穷水枯。也可能就是那"犁辕"一弯，这里才被先民视为风水宝地。犁弯子就是粮袋子，象征着永远的丰收，在这里盖寺庙是寄托生存的希望。寺不知起于何时，几毁几修，仍香火不绝。最后一次毁于"文革"，被夷为平地。但奇怪的是，这寺无论毁了多少次，墙边的那棵红柳却顽强地生存下来，于是就成了重新起殿建寺的标记。从树的外形判断它当在千年以上，明长城距今也只有六百来年。就是说当初无论是修城的将士，还是修寺的僧人，都在仰望着这棵树工作。长城，这座我们民族抵御战争、保卫和平生活的万里长墙，在这里拐了个弯，轻轻地把这寺庙、这红柳搂在怀里。这是生命的拥抱、信仰的倾诉和文化的传递。而这棵红柳，为怕长城太孤寂，年年报得紫花开，花开香满院，又成了寺庙的灵魂。民间常有耗子成精、狐狸成精，及柳树、槐树成精的故事。红柳实现了从灌木到乔木的飞跃，算是成了精，修成了正果。它与长城与寺庙相伴，俯视人间，那密密的年轮和丝绕麻缠的筋结里不知记录了多少人世的轮回。

如果说长城是人工的智慧，红柳是自然的杰作，那么这寺庙就是人们心灵的驿站。先民日出而作，日入而息，面朝黄土背朝天，他们疲倦的魂灵也需要歇息。这寺庙不大，除了僧房就是佛堂。堂可容六七十人，地上一色黄绸跪垫，前面供着佛像并香烛、水果。可以说，这是我见过的国内最安静的佛堂。堂内窗明几净，无一尘之染。窗外是蓝天白云，人坐室内如在天上。这里既没有名刹大寺里烟火缭绕的喧闹，也无乡间小庙里求报心切的俗气。我稍留片刻便返身出来，不忍扰其安宁。

我问，这座寺庙真的灵验？老刘说屡毁屡修总是有一定的道理，反正当地人信。最近一次发起修寺的是一位煤老板，煤矿总出事故，寺一起，事立止。还有，寺下有一村，村里一对小夫妻刚结婚时很恩爱，后渐成反目。妻子恨丈夫如仇敌，打骂吵闹，凶如母虎，家无宁日。公婆无奈，求之于寺。托梦说，前世女为耕牛，男为农夫。农夫不爱惜耕牛，常喝斥鞭打，一次竟将一条牛腿打断。今世，牛转生为女，到男家来算旧账了。公婆闻之半信半疑，遂上寺许愿。未几，小夫妻和好如初，并生一子。这样的故事还可讲出不少。我不信，但教人行善总是好事，借佛道神道设教也是中国民间的传统。又问，怎么不见僧人？答曰，现在不是做功课的时间，都去山下栽树去了。想要香火旺，先要树木绿。村民信佛，寺上的人却信树。也是，没有那株红柳，哪有这寺里千年不绝的香火？

保护站已成立五六年，慢慢地与寺庙成为一体。连僧带俗共十来个人，同一个院子，同一个伙房，同一本经济账。

志愿者多为居士，所许的大愿便是护城修城；僧人都爱树，禅修的方式就是栽树护树。早晚寺庙里做功课时，志愿者也到佛堂里听一会儿诵经之声，静一静心；而功课之余，和尚们也会到寺下的坡上种地、浇树、巡察长城。不管是保护站还是寺上都没有专门经费。他们自食其力，自筹经费维持生活并做善事，去年共收获玉米两千斤，春天挑苦菜卖了六千元，秋里拾杏仁又收入八百元。这使我想起中国古代禅宗"一日不作一日不食"的农禅思想，一切信仰都脱离不了现实。正说着，人们回来了，几个和尚穿着青布僧袍，志愿者中有农妇、老人、学生，还有临时加入的游客。手里都拿着锄头、镰刀、修树剪子，一个孩子快乐地举着一个大南瓜。有一个年轻人戴着眼镜，皮肤白皙，举止文雅，一看就不是本地人。我问这是谁，老刘说是山下电厂的工程师，山东人。一次他半夜推开院门，见寺外一顶小帐篷里一人正冷得打哆嗦，就邀回屋过夜，遂成朋友。工程师也成了志愿者，有时还带着老婆孩子上山做义工，这院子里的电器安装，他全包了。大山深处，长城脚下，黄土高原上的一所小寺庙里聚集着一群奇怪的人，过着这样有趣的生活。佛教讲来世的超度，但更讲现时的解脱：多做好事，立地成佛，心即是佛，佛即是我。山外的世界，正城市拥堵、恐怖袭击、食品污染、贪污腐化、种族战争等等，这里却静如桃源，如在秦汉。只有长城、古寺、志愿者和一棵红柳。无论中国的儒、佛、道还是西方的宗教都以善行世，就是现在中央提倡的十二条社会主义核心价值观，"友善"也赫然其中。我突然想起马致远的那首名曲《天净沙》，不觉在心里叹道：长城古寺戍楼，蓝天绿野羊牛，栽树种瓜种豆。红柳树下，有缘人来聚首。

老刘说，其实单靠他们几个志愿者，是保护不了长城的。也曾当场抓获过偷城砖的、挖草药的，甚至还有公然用推土机把长城挖个口子的，但是都不了了之。对方眼睛瞪得比牛眼还大，说："你算个球！县长都不管呢。"确实他们一不是公安，二不是警察，遇到无赖还真没有办法。但是现在可以"曲线护城"了，这就是来借助树和佛。目前虽还没有一个管用的"护城法"，却有详细的《林业法》，作恶者敢偷砖挖土，却不敢偷树砍树。保护站就沿长城根栽上树，无论人砍、牛踏、羊啃都是犯法。而同样是巡城、执法，志愿者出来管，对方也许还要争执几句，僧人双手一合十，他就立马无言。头上三尺有神明，人人心中有个佛呀。这真是妙极，人修了寺，寺护了树，树又护了长城。文物保护、治理水土、发展林业、改善生态等，无论从哪一方面来说这都是个很有意思的典型。就像那棵无人问津、由灌木变成乔木的红柳，在这个古老的犁辕弯里也有一个少为人知、亦俗亦佛、既是环保又是文保的团体。县长下乡调研，见此很受感动，随即拨了一笔专项经费给这个不在册的保护站。县长说，这笔钱就不用审计了，他们花钱比我们还仔细。两年来老刘用这钱打了一眼井，栽了三百亩的树，为站里盖了几间房。寺不可无殿，城不可无楼。他还干了一件大事，率领他的僧俗大军（其实才十来个人）走遍沿长城的村子，收回了一万多块散落在民间的长城砖，在文物局指导下修复了一个长城古戍楼。完工之日，他们在寺庙里痛痛快快地为历年阵亡的长城将士做了一个大法会。

那天采访完，我在寺上吃晚饭，大块的南瓜、土豆、红薯特别的香。他们说，这是自己种的，只有地里施了羊粪才能这样好，山外是吃不到的。饭后，我要下山，老刘送我到寺门口。香客走了，志愿者晚上回城去住，寺里突然冷清下来。晚风掠过大殿屋脊的琉璃瓦，吹出轻轻的哨音。归鸟在寺庙上空盘旋着，然后落到了墙外的林子里。夕阳又给长城染上一圈金色的轮廓。人去鸟归，万籁俱静，我突然问老刘："这么多年，你一个人守着长城，守着寺庙，是不是有点孤寂？"他回头看了一眼红柳，说："有柳将军陪伴，不孤单，胆子也壮。"这时夕阳已经给红柳树镀上一层厚重的古铜色，一树紫花更加鲜艳。我说："回头，在北京找个专家来给你测一下这树的年龄。"他说："不用了，我已经知道。"我大奇："你怎么知道的？""去年秋八月的一个晚上，后半夜，月光分外地明。我在房里对账，忽听外面狗叫。推开院门，在红柳树旁站着一位红盔绿甲的将军。他对我说，你不是总想知道这树的年龄吗？我告诉你，此树植于周南王十四年，到今天已两千三百二十六年。说完就消失了。"我看看他，看看那树，这一次我真的是惊呆了。

回京后，我第一件事就是去查中国历史年表，史上并没有"周南王"这个年号。但是，我不忍心告诉老刘。

忽又重听走西口

正月里回家乡过年，初三那天作家赵越、亚瑜夫妇请吃饭，点的全是山西菜，不为别的，就是要个乡土味。席间，我问赵兄，最近又写了什么好歌词。我知道这几年他在词界名声大振，从中央电视台的春节晚会，到山西歌舞剧院出国演出，无不有他的新词。他说别的没有，倒有一首《走西口》，是旧瓶装新酒，还可自慰。我知道《走西口》是在山西、内蒙古、陕西一带流行极广的一首民歌。过去晋北、陕北一带生活苦寒，一些生活无着的人便西出内蒙古谋生，有的是去做点小买卖，有的是春种秋回，收一季庄稼就走。这一生活题材在民间便产生了各种版本的《走西口》，大都是

70

叙青年男女的离别之情，且多是女角来唱，其词凄切缠绵，感人肺腑。赵君这一说，再加上这满桌莜面、山药蛋、酸菜羊肉汤，乡情浓于水，歌情动于心，我忙停箸抬头请他将新词试说一遍。他以手辗转酒杯，且吟且唱：

叫一声妹妹哟你泪莫流，

泪蛋蛋就是哥哥心上的油。

实心心哥哥不想走，

真魂魂绕在妹妹身左右。

叫一声妹妹哟你不要哭，

哭成个泪人人你叫哥哥咋上路？

人常说树挪死来人挪活，

又不是哥哥一人走西口。

啊，亲亲！

咱挣上那十斗八斗我就往回走。

就这么几句，我心里一惊，不觉为之动容。确实是旧瓶新酒，变女声为男声，男儿有泪不轻弹，其悲中带壮，情中有理，虽无易水之寒，却如长城上北风之号，只有在黄土地上，在那裸露的沙梁土坎上，那些坡高沟深、无草无树、风吹塬上旷、泥屋炊烟渺的黄土高原上才可能有的这种质朴的赤裸裸的爱。这是小溪流水，竹林清风，《阿诗玛》《刘三姐》等那种南国水乡式的爱情故事所无法比拟的。赵君过去写过许多洋味十足的诗，其外貌风度也多次被人错认为德国友人、墨西哥影片里的角色等，不想今日能吐出如此浑厚的黄土之声。我说你以前所有的诗集、歌词都可以烧掉了，只这一首便可大名传世。这时一旁的亚瑜君插话："别急，你听下面还有对妹子的呵护之情呢。"赵君接着吟唱：

　　叫一声妹妹你莫犯愁，

　　愁煞了亲亲哥哥不好受。

　　为你码好柴来为你换回油，

　　枣树圪针为你插了一墙头。

　　啊亲亲！

　　到夜晚你关好大门放开狗。

　　……

　　叫一声妹妹哟你泪莫流，

　　挣上那十斗八斗我就往回走！

　　我是在西口外生活过整整六年的。大学一毕业即被分配

72

到那里当农民，也算是走西口，不过是坐着火车走。那时当然比现在苦，但还不至于苦到生活无着，并不是为了糊口，是为了"支边"，或者是充边，是"文化大革命"中对"臭老九"的发配。当时我也未能享受到歌中主人翁的那份甜丝丝的苦，那份缠绵绵的愁。因为那时还没有一个能为我流泪滴油的妹妹。正是天苍苍，野茫茫，孤旅一人走四方。但那天高房矮、风起沙扬、枣刺柴门、黄泥短墙、寒夜狗吠、冷月白窗的塞外景况我实在是太熟悉了。你想孤灯长夜，小妹一人，将要走西口的哥哥心里怎么能放心得下，于是就在墙头上插满枣刺，又嘱咐夜晚小心听着狗叫。人走了，心还在啊。"妹的泪是哥心上的油，真魂魂绕在妹身左右"，这是何等痛彻心骨的爱啊。这种质朴之声，直压中国古典的《西厢记》，西方古典的《罗密欧与朱丽叶》。赵君谈得兴起，干脆打开了音响，请我欣赏著名民歌演唱家牛宝林演唱的这首《走西口》。霎时，那嘹亮的、带有塞外山药蛋味的男高音越过了边墙内外和黄土高坡上的沟沟坎坎、峁峁垴垴，我的心先是被震撼，接着被深深地陶醉了。

祖逖闻鸡起舞，我今闻赵君一歌思绪起伏。爱情这东西实在属于土地，属于劳动，属于那些无产、无累、无任、无负的人。古往今来有多少专吃爱情饭的作家，从曹雪芹到张恨水到琼瑶，连篇累牍，其实都赶不上塞外这些头缠白毛巾的小伙子掏出心来对着青天一声吼。就像人类在科学上费尽心机，做了许多发明，回头一看远不如自然界早已存在的物和理，又赶快去研究仿生学。赵君也是写了大半辈子诗的人了，绕了一圈回过头来，笔墨还是落在了这一首上。人以五谷为本，艺术以生活为根。黄土地实在是我们永远虔诚着的神。这使我想起四十年代在陕北那块贫瘠的土地上，一批肚子里装满了翰墨的知识分子，他们打着裹腿，穿着补丁裤子，抿着干裂的嘴唇，顶着黄风，在土沟里崖畔上白天晚上地寻寻觅觅，为的是寻找生活的原汁原味，寻找艺术的源头。这其中最具代表性的是李季的《王贵与李香香》：

> 沟湾里胶泥黄又多，
> 挖块胶泥捏咱两个。
> 捏一个你来捏一个我，
> 捏得就像活人托。
> 摔碎了泥人再重和，
> 再捏一个你来再捏一个我。
> 哥哥身上有妹妹，
> 妹妹身上有哥哥。

我请赵君给我随便讲一件在晋西北采风的事。他说："一次在黄河边上的河曲县采风，晚上油灯下在一家人的土炕上吃饭，我们请主人随意唱一首歌。小伙子一只大手卡着粗瓷碗，用筷子轻敲碗沿，张口就唱，'蜜蜂蜂飞在窗棂棂上，想亲亲想在心坎坎上'，不羞涩，不矫情，像吃饭喝水一样自然。"这也使我想起那一年在紧靠河曲的保德县（歌唱家马玉涛的家乡）采访，几位青年男女也是用这种比兴体张口就为我唱了一首怀念周总理的歌，立时催人泪下。这些伟大的歌手啊，他们才是大师，才是音乐家，就像树要长叶，草要发芽，他们有生就有爱，有爱就有歌，怎么生活就怎么唱。在他们面前我们真正自愧不如。到后来，等到我也开始谈恋爱时，虽然也是在西口古地，也是大漠孤烟，长河落日，锄禾田垄上，牧马黄河边，但是无论如何也吼不出那句"泪是哥哥心上的油"。现在闻歌静思才明白，真正的爱、质朴的爱最属于那些土里生土里长的山民。他们终日面对黄土背朝天，日晒脊梁汗洗脸，在以食为天的原始劳作中油然而生的爱，还没有受过外面世界的惑扰，还保有那份纯那份真。

就像要找真人参还得到深山老林中的悬崖绝壁上去寻，像我们这些城市中的文化人每天挤汽车、找工作、评工资，还有什么迪斯科、武打片、环境污染、公共关系，早已疲惫不堪，许多事都是"欲说还休（羞）"，哪里还有什么"泪蛋蛋、真魂魂、枣圪针、实心心"，更没有什么晚上能卧在你脚下的狗。

听着歌，我不禁想起两件事。一是著名学者梁实秋，晚年丧妻后爱上了比他小二十多岁的孤身一人的歌星韩菁菁。这是个人的私事，本来很自然，但却舆论哗然。首先梁的学生起来反对，甚至组织了"护师团"来干预他的爱。老教授每天早晨起来手拿一页昨晚写好的情书，仰望着情人的阳台。这位感情丰富，古文洋文底蕴极厚又曾因独立翻译完成《莎士比亚》而得大奖，装了一肚子爱情悲喜剧的老先生绝不敢在静静的晨曦中向楼上喊一嗓子："叫一声妹妹你莫愁。"文化的负重，倒造成了爱的弯曲，至少是爱的胆怯。

还有一件事，是那一年我在西藏碰到的一件极普通但又印象极深的事。那天我在布达拉宫内沿着曲曲折折的石阶木梯正上下穿行，这座千年旧宫正在大修，到处是泥灰、木料，我仔细地看着脚下的路，忽然隐隐传来一阵歌声。我初不经意，以为是哪间殿堂里在诵经。但这声音实在太美了，乐声如浅潮轻浪，一下下地冲撞着我的心。我心灵的窗户被一扇一扇地推开了，和风荡漾，花香袭人。我便翻架钻洞，上得一层楼上，原来是一群青年男女正在这里打地板。

西藏楼房的地板是用当地产的一种"阿嘎"土，以水泡软平铺地上一下一下地砸，砸出的地板就像水磨石一样，能洗能擦，又光又亮。从一开始修布达拉宫到以后历朝历代翻修，地面都是这样制作，他们称为土水泥。我钻出楼梯口探头一看，只见约三十个青年分成男女两组，一前一后，每人手中持一根齐眉高的细木杆，杆的上端以红绸系一个小铜铃铛，下端是一块上圆下平如碗之大的夯石。在平坦的地板上，后排方阵的小伙子都紫红脸膛，虎背熊腰，前排方阵的姑娘们则长辫盘头，腰系彩裙，面若桃花。只听男女歌声一递一进，一问一答，铃声璨璨，夯声墩墩，随着步伐的进退，腰转臂举，袍起袖落。这哪里是劳动，简直就是舞台演出，这时旁边的游人被吸引得越聚越多。青年们也越打越有劲，越唱越红火，特别是当姑娘们铃响夯落，面笑如花，转过脸去向小伙子们甩去一声歌，那群毛头小伙子就像被鞭子轻轻抽了一下，喜得一蹦一跳，手起铃响，轰然夯落，又从宽厚的胸中发出一声山呼之响，嗡嗡然，声震屋瓦绕梁不绝。和我同去的一位年轻人竟按捺不住自己，跳进人群，抢过一根夯杆也手之舞之，足之蹈之起来。我看之良久，从心里轻轻地喊出一声："这样的劳动怎么能不产生爱情！"

爱是男女相见相知，不由得生发出的相悦相恋之情。对这种感情的表达不同生活环境中的人会有不同的方式。李清照与其夫金石家赵明诚算是中国历史上文化层次很高的一对了，两人分居两地十分思念，李清照便写了一首后来在中国文学史上极有名的《醉花阴》：

薄雾浓云愁永昼，瑞脑消金兽。佳节又重阳，玉枕纱橱，半夜凉初透。东篱把酒黄昏后，有暗香盈袖。莫道不销魂，帘卷西风，人比黄花瘦。

李将这首词寄给丈夫，赵明诚喜其情切词美，发誓要回写一首并超过她，便谢客三天，废寝忘食，得五十首，杂李词于其中以示友人。友人玩之再三，说只有这三句最佳："莫道不销魂，帘卷西风，人比黄花瘦"。赵自叹不如。像这种爱，早已经是非要爱出个花样不可，有点斗法的味道了。梁实秋与他所爱的大歌星当着面什么不能说，非得先写好一份情书，然后再捧书上门。这真是"人生识字扭捏始"，偏要拐那十八道弯。学问越高，拐的弯就越多。

文者，纹也，装饰、花样之谓也。文人办什么事都爱包装一下，连表达爱也是这样。但物极必反，弯子拐得过多，作品就没有人看了，文人自己也会觉得没趣，于是又寻找回归。胡适说："中国文学史上何尝没有代表时代的文学？但我们不应向那古文传统史里去找。应该向旁行斜出的不肖文学里去找寻，因为不肖古人，所以能代表当世。"胡适其他观点暂不去论，他的这句话倒很合毛泽东同志讲的，人民生活"是一切文学艺术取之不尽、用之不竭的唯一的源泉"，"过去的文艺作品不是源而是流"。所以从古到今，诗歌都有向民歌，特别是向民间的情歌学习的好传统。明代出了个作家冯梦龙，清代乾隆朝有个王迂绍，专向白话俚语学习，大量收集民间创作。有一首情诗《牛女》这样写道：

闷来时，

独自个在星月下过。

猛抬头，

看见了一条天河，

牛郎星、织女星俱在两边坐。

南无阿弥陀佛，

那星宿也犯着孤。

星宿儿不得成双也，

何况他与我。

用这首诗来比李清照的《醉花阴》如何？更能感觉到直接来自生活源头的清纯。而且在表现手法上，先是平平道来，最后用了逆挽之法，说是技法的成熟，不如说是真情所在，情到技到，大道无形，真情无文。其实一切好的民歌的美，正在于此。无论铺排、比兴，全在一个真实自然，见情而不露文。唐代是我国诗歌发展史上的一个高峰。像白居易那样的大家写罢诗后也要去向老太婆读，好求得民间的认同。刘禹锡在向民歌学习方面也很见成效，他的《竹枝词》就很有质朴之美："杨柳青青江水平，闻郎江上唱歌声，东边日出西边雨，道是无晴却有晴。"在诗歌创作方面，这种学习从古至今一直不衰。连那个只会写词不会治国的亡国之君李后主也有一首写得很直率的《菩萨蛮》：

　　花明月暗笼轻雾，今宵好向郎边去！到袜步香阶，手提金缕鞋。画堂南畔见，一向偎人颤。奴为出来难，教郎恣意怜。

　　看来不管是皇帝老子还是风流名士，要写好诗就得向百姓学习，努力去掉文人身上的珠光色和脂粉气。当然学习也要有个度，也不是越土越好，土到《红楼梦》里的薛蟠体也就糟了。

其实，赵君的诗大多是为歌、为舞而写的。这几年在舞台上有一股不太好的风气，哪怕是唱一首很纯朴的民歌，也要灯光陆离，烟雾漫漫，然后再找一些不明不白的伴舞，在歌手的前后左右伸胳膊蹬腿，非得把那清粼粼的旋律、蓝格莹莹的舞台，搅得一团混沌才甘心。而赵君的词却自带着一份不可亵渎的清纯，所以他的词也给舞台的台风带来了可喜的回归。他这几年的一大功劳是与著名编舞王秀芳等人合作创作了两台乡土味极浓的歌舞《黄河儿女情》和《黄河一方土》。这两台戏大震京华，并多次远征国际舞台。可见人心思土，艺风贵朴。

剧中有一段《背河》舞，就是编舞在他那首极富动感的歌词的启发下编出的，效果极佳。北方的河水清浅，又多无桥，男人一般能蹚水过河，姑娘、媳妇胆小怕凉不敢蹚水，于是就专门有人在河边做起背人过河的生意，挣个小钱。前面说过，凡有劳动的地方就有爱，就在河边这种特殊劳动的小皱褶里也藏着爱。赵君的《背河》词是这样写的：

背起小妹妹河中走，

背了个欢喜扔了个愁。

妹妹的细腰扭呀扭，

扭得哥哥甜格滋滋，

像喝了蜜酒。

得儿哟，得儿哟，

莫怕那风浪三丈三，

妹妹哟，妹妹哟？

哥的劲头九十九丈九！

背起小妹妹河中走，

叫声妹妹不要害羞；

小心那掉在河里头，

快把哥哥亲格热热，

紧紧地搂。

得儿哟，得儿哟，

明年再背你下花轿，

妹妹哟，妹妹哟？

亲手给你揭开红盖头！

　　他的这首歌，又使我想起当年刚毕业在口外当农民劳动锻炼时的一幕戏。春天里大地刚刚苏醒，春风吹过河套平原，有一丝丝的温馨，一丝丝的甜润。柳条开始发软，枯草刚顶出新芽。劳动休息时，四野空旷无以为乐，经常的节目是摔跤。让我们这些洋学生大吃一惊的是，那些还没有脱去老羊皮袄或者厚棉袄的姑娘，手大腰壮，竟敢向小伙子叫阵，一会儿就龙腾虎跃，翻滚在松软的犁沟里，羞得我们看都不敢看。在劳动中油然而生爱心，爱心萌动就以歌抒之，歌之不足，舞之蹈之。现在想来田野上这种超出舞蹈的游戏中又一定还藏有那歌之舞之所未能表达尽的爱。

在赵君家吃了一顿饭，听了几首歌，倒惹我想了这许多。临走时赵君送我两盒《走西口》的磁带，这回赴宴真是货真价实。

与朴老缘结钓鱼台

　　我与佛有缘吗？过去从来没有想到这个问题。一九九三年初冬的一天，研究佛教的王志远先生对我说："十一月九日在钓鱼台有一个会，讨论佛教文化，你一定要去。"本来平时与志远兄的来往并非谈佛，大部分是谈文学或哲学，这次倒要去做"佛事"，我就说："不去，近来太忙。"他说："赵朴老也要去，你们可以见一面。"我心怦然一动，说："去。"

　　志远兄走后，我不觉反思刚才的举动，难道这就是"缘"？而我与朴老真的命中也该有一面之缘？我想起弘一法师以著名艺术家、文化人的身份突然出家去耐孤寺青灯的寂寞，只是因为有那么一次"机缘"。据说一天傍晚，夏丏尊与李叔同在西湖边闲坐，恰逢灵隐寺一老僧佛事做毕归来，僧袍飘举，仙风道骨，夏公说声"好风度"，李公心动说："我要归隐出家。"不想此一念后来竟出家成真。据说夏丏尊曾为他这一句话，导致中国文坛隐去一颗巨星而后悔。那老僧的出现和夏公脱口说出的话，大约不可说不是缘（后来，我读到弘一法师的一篇讲演，又知道他的出家不仅仅是有缘，还有根）。而这缘竟在文学和佛学间架了一座桥。敢说志远兄今天这一番话不是渡人的舟桥？尽管我绝不会因此出家，但一瞬间我发现了，原来自己与佛还是有个缘在。

九日上午，我如约驱车赶到钓鱼台。这座多少年来作为国宾馆，曾一度为江青集团所霸占的地方，现在也揭去面纱向社会开放。有点身份的活动，都争着在这里举办。初冬的残雪尚未消尽，园内古典式的堂榭与曲水拱桥掩映于红枫绿松之间，静穆中隐含着一种涌动。

在休息室我见到了朴老，握手之后，他静坐在沙发上，接受着不断走上前来的人们的问候。老人听力已不大灵，戴着助听器，不多说话，只握握手或者双手轻轻合十答礼。我在一旁仔细打量，老人个头不高，略瘦，清癯的脸庞，头发整齐地梳向后去，着西服，一种学者式的沉静和长者的慈祥在他身上做着最和谐的统一。看着这位佛教领袖，我怎么也不能把他和五台山上的和尚、布达拉宫里的喇嘛联系起来。

我最先知道朴老，是他的词曲，那时我还上中学，经常在报上见到他的作品。最有影响、轰动一时的是那首《哭三尼》，诗人鲜明的政治立场、强烈的爱憎、娴熟的艺术让人钦佩。可以说我们这一代人，只要稍有点文化的，没有人不记得这首曲子，而我原先只知唐诗宋词，就是从此之后才去找着看了一些元曲。佛不离政治，佛不离艺术，佛不离哲学，大约越是大德高僧越是能借佛径而曲达政治、艺术、哲学的高峰。你看历史上的玄奘、一行，以及近代的弘一，还有那个写出《文心雕龙》的刘勰，写出《诗品》的司空图，甚至苏东坡、白居易，不都是走佛径而达到文学、科学与艺术的高峰吗？只知晨钟暮鼓者是算不得真佛的。后来我看书多了，又更知道朴老在上海抗日救亡时的义举善举，知道了他与共产党合作完成的许多大事，知道了他为宗教事业所做的贡献，更多的还是接触他的书法艺术，还知道他是西泠印社的第五任社长。在大街上走，或随便翻书、报、刊，都能见到朴老题的牌匾或名字。我每天上班从北太平庄过，就总要抬头看几眼他题的"北京出版社"几个字。朴老的故乡安徽省要创办一份报纸，总编喜滋滋地给我看他请朴老题的"江淮时报"几个字。人们去见他，求他写字，难道只是看重他是一个佛门弟子？

会议开始了，我被安排坐在朴老的右边。正好会议给每人面前发了一套《佛教文化》杂志。其中有一期发有我去年去西藏时拍的一组十三张照片，并文。图文分别围绕佛的召唤、佛的力量、佛的仆人、佛的延伸、佛是什么、佛是文化等题来阐述。我翻开杂志请他一幅幅地看，边翻边讲。他听说我去了西藏，先是一惊，而后十分高兴，他仔细地看，看到兴浓处，就慈祥地笑着点点头。最后一幅是我盘腿坐在大昭寺的佛殿前，背景是万盏酥油灯，题为"佛即是我"，并引一联解释："因即果，果即因，欲求果，先求因，即因即果；佛即心，心即佛，欲求佛，先求心，即心即佛。"这回朴老终于些微地冲破了他的平静，他慈祥地看着图上的人影，大笑着用手指一下我说："就是你！"并紧紧握住我的手。因为朴老听力不好，所以我们谈话就凑得更近，大概是这个动作显得很亲密，又看见是在翻一本佛教文化杂志，记者们便上来抢拍，于是便定格下这个珍贵的镜头。

会议结束了，我走出大厅，走在绿中带黄、绵软如毡的草地上。我想今天与朴老相会钓鱼台，是有缘。要不怎么我先说不来，后来又来了呢？怎么正好桌子上又摆了几本供我们谈话的杂志？但这缘又不只是眼前的机缘，在前几十年我便与朴老心缘相连了；这缘也不只是佛缘，倒是在艺术、诗词等方面早与朴老文缘相连了。缘是什么？缘原来是张网，德行越高学问越深的人，这张网就越张越大，它有无数个网眼，总会让你撞上的，所以好人、名人、伟人总是缘接四海。缘原来是一棵树，德行越高学问越深的人，这树的浓阴就越密越广，人们总愿得到他的荫护，愿追随他。佛缘无边，其实是佛学里所含的哲学、文学、艺术浩如烟海，于是佛法自然就是无边无际的了。难怪我们这么多人都与佛有缘。富在深山有远客，贫居闹市无人问，资本是缘，但这资本可以是财富，也可以是学识、人品、力量、智慧。在物质上，更重要的是在精神上富有的人，才有缘相识于人，或被人相识。一个在精神上平淡的人与外部世界是很少有缘的。缘是机会，更是这种机会的准备。

车子将出钓鱼台大门时，突然想得一偈，便轻轻念出：

身在钓鱼台，心悟明镜台。

镜中有日月，随缘照四海。

你不能没有家

　　读一篇谈烈士后代赵一曼之子境遇的文章，暗吃一惊，阴影在胸挥之不去，并生出许多关于家的联想。

　　赵一曼受命到东北领导抗日工作时，孩子才出生不久。我们现在能看到的是烈士抱着孩子的那幅照片和那个著名的"遗言"："宁儿，母亲于你没有尽到教育的责任，实在是遗憾的事情……希望你，宁儿啊，赶快成人，来安慰你地下的母亲！"但是宁儿，就是后来的陈掖贤，成长情况并不理想。因母亲离开之后父亲又受共产国际派遣到国外工作，陈只好寄养在伯父家。他稍大一点，总有寄人篱下之感，性格内向，常郁郁不乐。新中国成立后，生父回国，但已另有妻室，他也未能融进这个新家。

陈的姑姑陈琮英（任弼时夫人）找到陈掖贤，送他到人民大学外交系读书。但他毕业后却未能从事外交工作，原因说来有点可笑，只因个人卫生太差，不修边幅，甚至蓬头垢面。他被分配到一所学校教书，在以后的工作中，应该说组织上对这位烈士子女还是多有照顾，但他有一个令人难以置信的致命的弱点：自己管理不了自己的个人卫生和每月几十元的工资。屋内被子从来不叠，烟蒂遍地，钱总是上半月大花，后半月借债。组织上只好派人与之同住一屋，帮助整理卫生，并帮管开支。后来甚至到了这种程度：每月工资发下，代管者先替他还债，再买饭票，再分成四份零花钱，每周给一份。但这样仍是管不住，他竟把饭票又兑成现钱去喝酒。一次他四五天未露面，原来是没钱吃饭，饿在床上不能动了。婚姻也不理想，结了离，离了又复，家事常吵吵闹闹，最后的结局是自缢身亡。这真是一个让人心酸的故事。

陈掖贤血统不是不好，烈士后代；组织上也不是不关照，可谓无微不至；本人智力也不差，教学工作还颇受称道。但为何竟是这样的下场呢？是最基本的生存能力、生活能力过不了关！而这个能力又不是学校、社会、组织上能包办的，它只有从小教育，而且只有通过家庭教育才能得到。

赵一曼烈士在遗书中已经预感到这种没有尽到教育责任的遗憾。这种情况如果烈士九泉之下有知，一颗母爱之心不知又该受怎样的煎熬？

一个人品德和能力的养成有三个来源，学校的知识灌输、社会实践的磨炼和家庭的熏陶培养。家庭是这链条上的第一环。人一落地是一张白纸，先由家庭教育来定底色。家庭教育与学校、社会教育最大的不同是：无条件的"爱"，以爱来暖化孩子，煨弯、拉直、定型。学校教育有前提：讲纪律、讲成绩；社会教育有前提：讲原则、讲利害。家庭里的爱，特别是母爱是没有原则和前提的，爱就是前提，是铺天盖地、大包大容的爱。这种博大、包容的爱比社会上同志、朋友式的爱至少多出两个特点。

一是绝对的负责。父母的一切行为动机都是为了孩子，没有隔阂、猜疑，不计教育成本。大人是以牺牲自己的心态来呵护孩子，就像一只老母鸡硬是要用自己的体温把一颗冰冷的蛋焐成一只小鸡，并且一直保护到它独立。我们经常看到一个小孩子不吃饭，父母会追着哄着去喂饭；不加衣服，父母追着去给他添衣。有不懂事的孩子说："我不吃难道你饿呀？"确实，父母肚子不饿，但心中疼。同时又因为有了这种无私的、负责的态度，才敢进行最彻底的教育，不必保留，不用多心，坚决引导孩子向最好的标准看齐，随时涤除他哪怕是最小的毛病，甚至用打骂的手段，所谓打是亲骂是爱。我们常有这样的体会，在成人社交场合看到某人吃相不雅，举止太俗时，就暗说家教不好。但说归说，这时谁也不肯去行教育责任，指破他的缺点了。因身份不便，顾虑太多。皇帝的新衣只有在皇帝小时候由他妈去说破，既已成帝，谁还敢言呢？有些毛病必须在家庭教育中去克服，有些习惯必须在家庭环境中培养，错过这个环境、氛围，永难再补。

二是无微不至的关怀。因为有了动机上的无私、负责，才会有效果上的无微不至。孩子彻底生活在一个自由王国中，他所有的潜能都可得到淋漓尽致地发挥，就像一颗种子，在春季里，要阳光有阳光，要温度有温度，要水分有水分，尽情地发芽扎根。孩子有什么想法不会看人脸色而止步，不会自我束缚而罢休。甚至撒娇、恶作剧也是一种天性的舒展。这样，他的全部天才基因都会完整地保留下来，将来随着外部条件的到来，就可能长成这样那样的大家、人才，甚至伟人。但是一进入社会教育，哪怕是最初的幼儿园教育都是某种程度的修理、裁剪、规范统一，是规范教育不是舒展教育、创造教育。家庭教育中的无微不至、充分自由、潜移默化将一去不再。这就是为什么所有的孩子一说去幼儿园就大哭不止。当然，人总得从家庭教育升到学校教育阶段，但绝不能缺少家庭教育。

其实，家庭给人的温暖和关爱，以及由此产生的特殊的教育作用还不止于孩童阶段，它将一直伴随到人的终生。表现为夫妻间、兄弟姐妹间、子女与老人间的坦诚指错、批评、交流、开导、帮助等，这都是任何社会集体里所办不到的。我们细想一下，一个人成家之后在亲人面前又不知改了多少缺点，得到多少鼓励，学到了多少东西。因为家庭成员的合作克服了多少生活及事业上的难题。现在社会上有很多继续教育机构，但常忽略了这个终生家庭教育机构，一个独身的人或寄人篱下的人将失去多少继续接受教育的机会。这么想来，人真的不能没有个家。

马克思说，人是各种社会关系的总和。当一个人少了最基本的社会关系——家庭关系，少了家庭教育、家庭温暖，他至少不是一个完整的社会人，不是一个很幸福的人。佛教哲学讲结缘，在人生的众多缘分中，情缘是最基本的，因情缘而进一步结成家庭就有了血缘，进而使民族、社会得到延续。一个人没有爱过人或被人爱，就少了一大缘，是一悲哀；有爱而无家，又少了第二大缘，又是一悲哀。一个社会如果没有家庭这个细胞它将无缘发展。虽然，曾有仁人志士说过"匈奴未灭，何以家为"的壮语，但那是特殊情况，甘愿牺牲小家为了天下人都能有一个安定的家。辛亥革命烈士林觉民牺牲前在其著名的《与妻书》中说："充吾爱汝之心，助天下人爱其所爱，所以敢先汝而死。"赵一曼烈士对儿子说："你长大成人后，希望不要忘记你的母亲是为祖国而牺牲的。"乱世舍小家是为救国家，盛世则要思和小家而利国家。历史上也确实有过放大无家思想的试验，但都以失败告终。如太平天国，分成男营、女营，夫妻不得团聚；人民公社搞大食堂，取消小家庭的温馨；"文革"前的干部分配制度，造成千万个家庭的两地分居。近读一则资料，一九三〇年国民党立法院甚至讨论过要不要家庭的问题。可见任何政党都有过"左"的行为，当然都成了历史的泡沫。

最新的一份社会调查显示，人们对幸福指数的认同要素，第一是经济，第二是健康，第三是家庭，然后才是职业、社会、环境等。现在出现的老人空巢家庭、农村留守儿童，都是变革中我们不愿看到的"家"字牌悲剧。但有三分奈何，谁愿做无家之人？恩格斯说家庭就像一个苹果，切掉一半就不再是苹果。独身、单亲、离异、留守、空巢、无子女都不能算是一个完善的家庭。当年林则徐说，烟若不禁，政府将无可充之银、可征之丁。现在如果都由这样的家庭组成社会，国家将无可育之才、可用之才。社会要增加多少本该可以在家庭圈子里消化的矛盾。

《西厢记》说，愿天下有情人终成眷属，我则为天下计，愿情缘血缘总相续，小家大家皆欢喜。

百年革命　三封家书

　　今年是辛亥革命一百周年，中国共产党成立九十周年。纪念活动少不了拜谒故地，披览文物。

　　3月，我有事去福州，公余又去拜谒了一次林觉民故居。林觉民的《与妻书》是辛亥革命的重要文物。黄花岗七十二烈士，其事迹大多湮灭，幸有这篇美文让我们能窥见他们的心灵。广州黄花岗烈士碑上七十二人名单（随着后来的发掘，实际上已超过七十二人）中，林觉民三字人们抚摸最多，色亦最重。《与妻书》早已选入中学课本和各种文学的、政治的读本，我亦不知读了多少遍。印象最深的是"即此爱汝一念，使吾勇于就死""当亦乐牺牲吾身与汝身之福利，为天下人谋永福"。他反复给妻子解释，我很愿与你相守到老，但今日中国，百姓水深火热，我能眼睁睁看他们受苦、等死吗？我要把对你的爱扩展到对所有人的爱，所以才敢去你而死。林家福州故居我过去也是去过的，这次去新增的印象有二。

一是书信的原物。在广州起义前三天，一九一一年四月二十四日，林知自己必死，就随手扯来一方白布，给妻子陈意映写下这封信，竖书，二十九行。其笔墨酣畅淋漓，点划如电闪雷劈，走笔时有偏移，可知其时"泪珠与笔墨齐下"，心情激动，不能自已。其挥墨泣血之境，完全可与颜真卿的《祭侄稿》相媲美。

二是牺牲前后之事。起义失败，林受伤被捕。审讯时，林痛斥清廷腐败，慷慨陈词，宣传革命，说到激动处撕去上衣，挺胸赴死。敌审讯官都不由敬畏，下令去其镣铐，给以座位。两广总督张鸣岐，不得已下令枪决，后惋惜道："惜哉，林觉民！面貌如玉，肝肠如铁，心地光明如雪，真算得奇男子。"某日晨，家人在门缝里发现有人塞进来的《与妻书》，同时还有给父亲的一封信，只有三十九个字："不孝儿叩禀父亲大人：儿死矣，惟累大人吃苦，弟妹缺衣食耳，然大有补于全国同胞也。大罪乞恕之。"其壮烈而平静之举概如此。

福州之后又两月，有事去重庆之江津，才知道这是聂荣臻元帅的家乡，便去拜谒纪念馆并故居。聂帅抗日时主持晋察冀根据地建设，被中央称为"模范根据地"，新中国成立后主持"两弹一星"研究，为国防建设立了大功，总其一生都是在默默地干大事。他在20岁那年离开家乡去法国勤工俭学，开始了探求真理、苦学报国的革命生涯。与周恩来、朱德、邓小平、陈毅等同为我党领导集体中的早期留欧人员。聂帅留法时期的家书保存完好，现在收书出版的就有十三封，且都有手迹原件，从中可以看到这批革命家的少年胸怀（去法国时聂二十岁，周二十二岁，邓十六岁）。现在故居前庭的正墙上有一封放大的家书手迹，是聂荣臻一九二二年六月三日写给父母的：

父母亲大人膝下：

不得手谕久矣。海外游子，悬念何如？又闻川战复起，兵自增而匪复狂！水深火热之家乡，父老苦困也何堪？狼毒野心之列强无故侵占我国土。二十一条之否认被拒绝，而租地期满又故意不肯交还。私位饱囊之政府，只知自争地盘，拥数十万之雄兵，无非残杀同胞。热血男儿何堪睹此？男也，虽不敢以天下为己任，而拯父老出诸水火，争国权以救危亡，是青年男儿之有责！况男远出留学，所学何为？决非一衣一食自为计，而在四万万同胞之均有衣食也。亦非自安自乐自足，而在四万万同胞之均能享安乐也。此男素抱之志，亦即男视为终身之事业也！

……

　叩禀

　金玉安

男荣臻跪禀六月三号

　　我拜读这封九十年前（中国共产党建党之第二年）海外游子的家书，不觉肃然起敬。那个时代的有为青年留学到底为了什么？"决非一衣一食自为计，而在四万万同胞之均有衣食也。亦非自安自乐自足，而在四万万同胞之均能享安乐也。"这与林觉民"当亦乐牺牲吾身与汝身之福利，为天下人谋永福"何其相通。

　　要考察一个人的思想，家书大概是最可靠的。因为对亲人可以说真话，而且他也想不到日后会发表这信件。看了

99

林、聂的两封家书，又使我联想到五年前在河北涉县参观八路军一二九师师部旧址时，见到的另一封家书。那是一个不知名的普通八路军战士（或是干部）在大战前夕写给妻子的一封短信，是一个共产党员的《与妻书》。从重庆回来我就赶快翻检所存资料，终于找出那张发黄的照片，但手迹还清晰可辨，全信如下：

喜如妹：

我俩要短期之分开了。这是我们的敌人给我们的分开之痛苦，只有消灭了我们的敌人，才能消灭这个痛苦。

我的病暂时也没有什么要谨（紧），因病得的很长，一时亦难除根。我很高兴在党和上级爱护之下给我这五个月的时间休养很不错。我这此（次）决心到前方要与我们当前的敌人搏斗，拿出最大决心和牺牲精神与人民立功。我第二个高兴是你很好，特别是对我尽到一切的关心和爱护。同时我有两个很天真活泼的小孩，又有男又有女。你想这一切都使我很满足，永远是我高兴的地方。

战斗是比不得唱戏，不是开玩笑，是有牺牲的精神才能打垮和消灭敌人。趟（倘）我这次到前方或负伤牺牲都不要难过，谨记我如下之言：

无产阶级的革命一定会成功的，只是时间之长短，但也不是很长的。家人一定要翻身。要求民主与独立，这是全世界劳苦大众都走革命这条道路，苏联革命成功是我们的好榜样。

就是我牺牲了也是很光荣的，是为革命而牺牲，是有价值。在任何情况下我是不屈不挠，坚决□□□部队与敌人战斗到底。一直把敌人消灭尽尽为止。望你好好保重身体，多吃饭，不生病，我就死前方放心。同时希你好好教育丰丰小儿、小女雪雪，长大完成我未完成之事。一直完成社会主义革命到共产主义社会。谨记谨记。

我生于一九一九年十月（即民国八年十二月二十四日）家居安徽省霍山县石家河保瓦嘴□。

茂德

一九四七·四·二·□于魏□

临别之写

这封信写得很镇静、乐观又有几分悲壮，作者和林觉民一样也是抱定必死的决心，但其悲剧气氛要少些，更多的是充满胜利的信心。刘、邓领导的一二九师一九四〇年六月进驻涉县时不足九千人，到一九四五年十二月挥师南下时已发展到三十万正规军，四十万地方部队。这个署名"茂德"的作者，就是这支大军中的普通一员。也许他真的已经在战火中牺牲，那一双可爱的小儿女丰丰、雪雪现在也该是古稀老人。这封上战场前匆匆写给妻子的信，让我们看到了那个时代的人的真实生活。

　　我把三封家书的手稿影印件放在案头，轻抚其面，细辨字迹，目既往还，心亦吐纳，感慨良多。这三件文物，都是用毛笔书写，所书之物，一件是临时扯的一块白布，一件是异国他乡的信纸，一件是随手撕下来的五小张笔记本纸页，皆默默地昭示着其人、其地、其时的特定背景。

　　论时间，从第一封信算起已经整整一百年，恰是辛亥革命百年祭；第二封已经八十九年，与共产党党龄相仿；第三封也已六十四年，比共和国还长两岁。而写信者当时都是热血青年，都是为自己的理想而奋斗，准备牺牲的普通的战士。其结果，一个成了名垂青史的烈士，一个成了共和国的元帅，一个没入历史的烟尘，代表着那些无数的无名英雄。细看就会发现，这三封跨越百年、不同时代的家书中却有一条红线一以贯之，就是牺牲个人，献身革命，为国家、为民族不计自己并家庭的得失。林信说：当牺牲吾身与汝身之福利，为天下人谋永福；聂信说：决非为一衣一食，而为四万万同胞之均有衣食；茂信说：我或负伤牺牲你都不要难过，是为革命而牺牲，是光荣的，有价值。

百年革命，三封家书，一条红线，舍己为国。我们还可由此上推一千年，政治家范仲淹说"先天下之忧而忧，后天下之乐而乐"；再上推两千年，思想家司马迁说"人固有一死，或重于泰山，或轻于鸿毛，用之所趋异也（目的不同）"。其一脉相承的都是这种牺牲精神——为理想、为事业、为进步而牺牲。国歌唱道："把我们的血肉筑起我们新的长城"，还有一首歌唱道："为什么战旗美如画，英雄的鲜血染红了她；为什么大地春常在，英雄的生命开鲜花。"正是这一代代的前仆后继、不计牺牲才铸就我们这个民族，铸就中华文明。这是一种伟大的民族精神、历史精神，而它在革命，特别是战争时期更见光辉，又由代表人物所表现。唯此，历史才进步，人类才进步。

我从百年历史的烟尘中检出这三封革命家书，束为一札，献给祖国，并祭先烈。这是一束永不凋谢的历史之花。

（本文见报后有热心读者多方查找，终于弄清茂德姓查名茂德，在写这封遗书的第二年牺牲于南阳战役，牺牲时为副旅长。）

三十年的草原四十年的歌

内蒙古歌手在民族宫大剧院演出了一场"蒙古族长调歌曲演唱会",主题是保护草原,遏制沙化。大幕未启,节目单发下来,上面赫然印着一位老歌手的名字:哈扎布。我心中猛然一惊,真的他还在世!

我没有见过哈扎布,也没有听过他的歌。记住这个名字是因为叶圣陶老的一首诗《听蒙古族歌手哈扎布歌唱》。一九六八年我大学毕业分配到内蒙古工作,一到当地先搜集资料,有一本名人游内蒙古的诗文集,其中有叶老这首诗。开头两句就印象极深,至今仍能背出:"他的歌韵味醇厚,像新茶,像陈酒。他的歌节奏自然,像松风,像溪流。"我读这诗已是三十多年前，这三十多年间再未听说过哈扎布的名字，更没有想到今天还能听到他的歌。

因为是呼唤保护环境，恢复生态，晚会的气氛略有点压抑。老歌手是最后出台的，主持人说他今年整八十岁。他着一件红底暗花蒙古袍，腰束宽带，满脸沧桑，一身凝重。年轻歌手们一字排开拱列两旁。他唱的歌名叫《苍老的大雁》，嗓音略带暗哑，是典型的蒙古族长调。闭上眼睛，一种天老地荒、苍苍茫茫的情绪袭上我心。过去内蒙古闻名海内外，是因它美丽的草原，美丽的歌声。我三十年前在那里当记者，曾在草原上驰过马，躺在草窝里仰望蓝天白云，静听那远处飘来的、不是为了演唱而唱的歌。当时一些传唱全国的著名歌词现在还能记得，"鞭儿击碎了晨雾，羊儿低吻着草香"。那时无论如何也不会想到，这种美丽几十年后就要消失。近几年沙尘暴频起草原，直捣北京。去年，北京一家大报曾发表了一整版今昔对比的照片，并配通栏大标题：昔日风吹草低见牛羊，今天老鼠跑过见脊梁。今晚，我闭目听歌，不觉泪涌眼眶。新茶陈酒味不再，松涛无声水不流。当年叶老因歌而起的意境已不复存在，剧场一片清寂。我仿佛看见一只苍老的大雁，在蓝天下黄沙上一圈圈地盘旋，在追忆着什么，寻找着什么。坐在我身后的是一位至今仍在草原上当记者的同志，他悄悄地说了一句："心里堵得慌。"

晚会后回到家里深夜难眠，我起身找到三十多年前的笔记本，叶老的诗还赫然其上：

他的歌韵味醇厚，
像新茶，像陈酒。
他的歌节奏自然，
像松风，像溪流。
每个字都落在人心坎上，
叫人默默颔首，
高一点低一点就不成，
快一点慢一点也不就，
唯有他那样恰好刚够，
才叫人心醉神怡，尽情享受。

语言不通又有什么关系，
但听歌声就能知情会意。
无边的草原在歌声中涌现，
草嫩花鲜，仿佛嗅到芳春气息，
静静的牧群这儿是，那儿也是，

共进美餐，昂头舔舌心欢喜。

跨马的健儿在歌声中飞跑，

独坐的姑娘在歌声中支颐，

健儿姑娘虽然远别离，

你心我心情如一，

海枯石烂毋相忘，

誓愿在天鸟比翼，在地枝连理。

这些个永远新鲜的歌啊，

真够你回肠荡气。

他的歌韵味醇厚，

像新茶，像陈酒。

他的歌节奏自然，

像松风，像溪流。

莫说绕梁，简直绕心头。

更何有我，我让歌占有。

弦停歌歇绒幕垂，

竟没想到为他拍手。

当年叶老虽听不懂蒙语，但他真切地听到了其中的草嫩花鲜，静静的牧群，还有回肠荡气的爱情。我查了一下叶老写诗的日期：一九六一年九月，距今正好四十年。我抄这诗也过了三十年。三十年、四十年来，当我们惊喜地看着城市里的水泥森林疯长时，却没想到草原正在被剥去绿色的衣裳，无冬无夏，羞辱地裸露在寒风与烈日中。

没有绿色哪有生命？没有生命哪有爱情？没有爱情哪有歌声？若叶老在世，再听一遍哈扎布的歌，又会为我们写一首怎样深沉的诗？归来吧，我心中的草原，还有叶老心中的那一首歌。

那青海湖边的蘑菇香

　　小时长在农村，食不为味只求饱。后来在城市生活，又看得书报，才知道有"美食家"这个词。而很长时间，我一直怀疑这个词不能成立。我们常说科学家、作家、画家、音乐家等，那是有两个含义：其一，它首先是一份职业、一个专业，以此为工作目标，孜孜以求；其二，这工作必有能看得见的结果，还可转化为社会财富，献之他人，为世人所共享。而美食家呢？难道一个人一生以"吃"为专业？而他的吃又与别人何干？所以我对"美食"是从不关心、绝不留意的。

　　十年前，我到青海采访。青海地域辽阔，出门必坐车，一走一天。那里又是民歌"花儿"的故乡，天高路远，车上

110

无事就唱歌。省委宣传部的曹部长是位女同志，和我们记者站的马站长一递一首地唱，独唱，对唱，为我倾囊展示他们的"花儿"。这也就是西北人才有的豪爽，我走遍全国各地未见哪个省委的部长肯这样给客人唱歌的，当然这也是一种自我享受。但这种情况在号称文化发达的南方无论如何是碰不到的。一天我们唱得兴起，曹部长就建议我们到金银滩去，到那个曾经产生了名曲《在那遥远的地方》的地方去采访，她在那里工作过，人熟。到达的当天下午我们就去草滩上采风，骑马，在草地上打滚，看蓝天白云，听"花儿"和藏族民歌。曹部长的继任者桑书记是一位藏族同志，土生土长，是比老曹还"原生态"的干部。

晚上下了一场小雨。第二天早饭后桑书记领我们去牧民家串门，遍野湿漉漉的，草地更绿，像一块刚洗过的大绒毯，而红的、白的、黄的各色小花星布其上，真是一个名副其实的金银滩。和昨天不一样，草丛里又钻出了许多雪白的蘑菇，亭亭玉立，昂昂其首，小的如乒乓球，大的如小馒头，只要你一低头，随意俯拾，要多少有多少。这些小东西捧在手里绵软湿滑，我们生怕擦破它的嫩肤，或碰断它的玉茎。我这时的心情，就是人们常说的"天上掉下烙饼"，喜不自禁。连着走了几户人家，看他们怎样自制黄油，用小木碗吃糌粑，喝马奶酒，拉家常。老桑从小在这里长大，草场上这些牧马、放羊的汉子，不少就是他光屁股时候的伙伴。蒙蒙细雨中，他不停地用藏语与他们热情地问候，开着玩笑，又一边介绍着我们这些客人。印象最深的是，每当我们踩着一条黄泥小路走向一户人家时，一不小心就会踢飞几个蘑菇，而每户人家的门口都已矗立着几个半人高的口袋，里面全是新采的蘑菇。

　　老桑掀开门帘，走进一户人家。青海湖畔高寒，虽是八月天气，可一到雨天家里还是要生火的。屋里有一盘土炕，地上还有一个铁火炉。这炉子也怪，炉面特别的大，像一个吃饭的方桌，油光黑亮，这是为了增加散热，和方便就餐时热饭、温酒。雨天围炉话家常，好一种久违了的温馨。

　　我被让到炕头上，刚要掏采访本，老桑说："别急，咱们今天上午不工作，只说吃。娃子！到门口抓几个菌子来。"一个八九岁的红脸娃就蹿出门外，在草丛里三下两下弯腰采了十几个雪白的蘑菇，用衣襟兜着，并水珠儿一起抖落在炕沿上。我突然想起古人说的十步之内必有芳草，这娃迈出门外也不过五六步，就得此美物。而城里人吃的鲜菇也至少得取自百里之外吧，至于架子上的干货更不知是几年以上的枯物了。老桑挽了挽袖子说："看我的，拿黄油来。"

他用那双粗大的黑手，捏起一个小白菇，两个指头灵巧地一捻，去掉菇把，翻转菇帽，仰面朝上；又轻撮三指，向菇帽里撒进些黄油和盐，那动作倒像在包三鲜馄饨；然后将蘑菇仰放在热炉面上，齐齐地排成一行，像年夜包的饺子。

不一会儿，炉子上发出丝丝的响声，黄油无声地溶进菇瓤的皱褶里，那鲜嫩的菇头就由雪白而嫩黄，渐渐缩成一个绒球状，而不知不觉间，莫名的香味已经弥漫左右而充盈整个屋子了，真有宋词里"暗香浮动月黄昏"的意境。也不要什么筷子、刀叉，我们每个人伸出两指，捏着一个蘑菇球放入口中。初吃如嫩肉，却绝无肉的腻味；细嚼有乳香，又比奶味更悠长。像是豆芽、菠菜那一类的清香里又掺进了一丝烤肉的味道，或者像油画高手在幽冷的底色上又点了一笔暖色，提出了一点亮光。总之是从未遇见过的美味。

从草原返回的路上，我还在兴奋地说着那铁炉烤香菇，司机小伙子却回头插了一句嘴："这还不算最好的，我们小时候在野地里，三块砖头支一个石板，下面烧牛粪，上面烤蘑菇，比这个味道还要香。"大家轰地一阵笑，又引发了许多议论，纷纷回忆一生中遇到的最好的美味。但结论是，再也吃不到从前那样的好东西了。这时，老马想起了一首"花儿"，便唱道："上去高山（着）还有个山，平川里一朵好牡丹。下了高山（着）折牡丹，心乏（着）折了个马莲莲。"
曹部长就对了一首："山丹丹花开刺刺儿长，马莲花开到
（个）路上。我这里牵来你那里想，热身子挨不到（个）一
打上。"啊，最好的美味只能是梦中的情人。

　　回到北京后，我十分得意地向人推荐这种蘑菇新吃法。
超市里有鲜菇，家里有烤箱，做起来很方便，凡试了的，都
说极好。但是我心里明白，却无论如何也比不上草原上、雨
天里、热炕边、铁炉上，那个土黄油烤鲜菇的味道，更不用
说那道"牛粪石板菇"了。人的一生不能两次蹚过同一条河
流，世界上最好的东西只能是记忆中的一瞬。物理学上曾有
一个著名的"测不准原理"，两个大物理学家玻尔和爱因斯
坦为此争论不休。爱氏说能测准，玻氏反驳说不可能，比如
你用温度计去量海水，你读到的已不是海水的温度。我又想
起胡适的话，他说真正的文学史要到民间去找，到口头上流
传的作品中去找，一上书就变味了。确实，时下文学又有了
"手机段子"这个新品种，它常让你捧腹大笑或拍案叫绝，
但却永远上不了书，你要体验那个味道只有打开手机。

　　看来，城里的美食家是永远也享受不到"牛粪石板菇"
这道美味了。

中华版图柏

在晋、陕、蒙三省区的交界处有一座山名高寒岭，它是长城内外的分切点，又是万里黄河的拐弯处。能在这里远眺河山，遥对青史，是一种幸运。孔子说登泰山而小天下，惜其不知他身后还有更大的天下。

高寒岭，其名"高"，海拔一千四百二十六米，为周边之最，由此向北直至外蒙古一马平川；其名"寒"，冬季最冷时零下三十一度，冰雪盖野。但就是在这样的环境下，竟生长着遍野的松柏，绿满沟壑，一望无际。而岭的最高处，有一棵柏树，树冠的剪影极像一幅中国版图，被称为"中华版图柏"。就在这棵树下不知演绎了多少有关中国版图的故事。

　　大约在孔子那个时期，这里属于晋国的地盘，又是游牧经济区与农耕经济区的交汇点，各民族、各诸侯国、各地方势力纷争不断，长期以来，拉锯式地争夺留下的一大痕迹就是长城。从秦代到明朝，这个巨大的战争工事，不断地增修改建。从这里辐射出去的军事、政治力量，逐渐改变着中国的版图。而这棵树却一直在冥冥中静静地观察，悄悄地记录，时长日久，它也竟变成了一幅版图，定格在高寒岭上。

　　我是二〇一三年初上高寒岭的。当时为扶贫开发，人们刚发现了这块沉睡的荒野。大家惊奇地奔走相告，说山上有一棵极像中国地图的柏树。我上山后也为之震惊。只见这棵柏树独立在山巅，于蓝天白云的背景上衬映出一幅逼真的中国地图，而它的脚下，千山万壑里全部填满了各种形状的松柏，郁郁葱葱，绿满天涯。我信造物有缘，凡自然之物形有所异者，必是上天情有所寄，理有所寓。于是便遍访当地人士，翻寻史志，搜求典故，以证其奇。自那年上山之后就念念不忘，连续三年，年年来参拜，时时在寻思。

　　柏树是一种很长寿的树种，在中国大地上三千年的柏树并不少见。我的家乡，太原的晋祠公园里现在还有周柏唐槐，小时常去摸爬，印象很深。那年，从宝鸡到西安，过周公庙，三千年的柏树更是成排成行。柏树性喜阴耐寒，专在背阴、积雪、崖畔处生长。其根或深扎黄土，或裂石穿墙，或裸露崖上，随山势地形奔突屈结，天赋其形，鬼斧神工，常是根雕的好材料。因柏多生崖畔，又俗称崖柏，生命力极强。其木质耐腐，且有一种淡淡的芳香，所以古人常用来做棺木，以图不朽。其品种很多，有侧柏、圆柏或桧柏。高寒岭上的柏为侧柏，叶扁平如纸，片片成羽，厚厚地叠加在一起，成一团绿云。不过老百姓称之为降龙木，据说佘太君手里的拐杖就是这种木头。

这里演绎的第一出版图大戏是在北宋时期，而且竟与范仲淹、欧阳修等名人有关，这是我过去绝没有想到的。赵匡胤结束了五代纷争统一天下后，宋王朝的北部边界到此为止，但边墙外还有两个外族政权正对它虎视眈眈，这就是党项族建立的西夏和契丹族建立的辽。夏、辽、宋，又是一部史上魏、蜀、吴之后的"三国演义"。西夏在其首领李元昊的率领下十分强悍，不断南下袭扰，宋丢城失地损失惨重。因为赵匡胤是武将出身靠兵变得天下的，所以宋代实行抑武扬文的政策，文臣带兵。一般人都知道范仲淹、欧阳修的文章好，他们的名字永存在《古文观止》上，却很少人知道他们还金戈铁马，将文章写在北方的冰天雪地上和大漠黄沙中。范仲淹的那首著名的《渔家傲》词，就是写他在北地带兵戍边的战争生活：

　　塞下秋来风景异，衡阳雁去无留意。四面边声连角起。千嶂里，长烟落日孤城闭。
　　浊酒一杯家万里，燕然未勒归无计。羌管悠悠霜满地。人不寐，将军白发征夫泪。

　　这首词有一个版本就名《渔家傲·麟州秋词》，词中紧闭的孤城即指麟州，就是现在的神木，距高寒岭不到二十五公里。

　　当年西夏十分强势，宋政治军事的腐败导致前线连吃败仗。朝廷没有办法，于康定元年（一〇四〇年）起用范仲淹。范因为敢于说实话，议论朝政，给皇帝和太后提意见，这之前已经三次被贬在外。他受命后不计个人得失，从秀丽的浙江赶赴荒凉的西北，三个儿子都先后随他来到前线。这年他已五十二岁。他到任后不急于出战，狠抓军事训练，选拔当地将领，积极修筑工事。又改革兵制，强调兵将一体，将领身先士卒。宋制，一旦入伍终身为兵，为防逃逸就在士兵脸上刺一个字。范认为这太伤人格,是对士兵的不尊重,下令改刺于手心。又允许军队带家,在边地实行屯垦。经过三年的努力,又打了几个胜仗,宋渐从颓败中回缓过来,双方成相持之势。西夏人忌惮范,说他胸中自有雄兵百万。宋仁宗说有范仲淹在前线,我可以睡个安稳觉了。

范当时率军主要在今延安到甘肃一带的西线作战,宋仁宗于庆历四年任范仲淹为河东、陕西宣抚使,并赐黄金百两,要他去今山西及陕西的神木、府谷一带的东线视察。原来,当时宋对夏、辽作战的大本营是河东,即现在的山西。高寒岭为战略要地,其东边的麟州要塞,孤悬在黄河之西,每年要从河东供应粮六十万石,草一百二十万车,负担很重,因此朝中有人主张弃守麟州,皇帝要他去实地调查拿个主意。范主张力保麟州,并将皇上赏他的黄金全部分给守边将士,激励大家保家卫国。他又加修工事,招流民三千户,免其赋税,恢复边地经济。这年,朝里又派时为谏官的欧阳修前来调查。欧调查后支持范的做法,上奏折说:"麟州天险不可废,麟州废,府州(即现府谷县)则不可守。河东州县则不安。"并建议皇上批准将今山西北部的忻、代、岢岚等地开放,耕种实边,进一步雄厚周边地区的经济实力,就近供应前线。欧阳修还提出一项用当地土人将领(他称之为

"土豪")的政策。他在奏折里说："今议麟州者，存之则困河东，弃之则失河外。若欲两全而不失，莫若择一土豪，委之守麟州坚险，与兵二千，其守足矣。……其当自视如家，系己休戚，其战自勇，其守自坚。"有一出有名的传统戏《佘太君挂帅》。佘家，就是宋时在这里世代守边的一大"土豪"家族。朝廷对之十分信任，最高时官授一品。佘家，其实姓折，在当地二字同音。去年宋史专家还在府谷开了折氏专题研讨会。

范、欧二人视察高寒岭是在庆历四年。一说到这个年份，人们就会想起中学课本里读过的《岳阳楼记》，开头第一句就是："庆历四年春，滕子京谪守巴陵郡。"这范、欧、滕三人是好朋友，都属于当时的改革派和主战派。范仲淹与滕子京还是同一年的进士，曾被一同派到现在的江苏南通治海修堤。风高浪大，当时许多人想打退堂鼓，唯范、滕二人于海浪中屹然不动，互引为知己。后来命运又把他们从东南沿线推到西北大漠，范在庆阳前线统兵作战，滕在当地任地方官，积极支前保证供应，交情愈厚。这时朝中的保守派找了一个机会，诬告滕劳军时多花了钱，要判他入狱。范仲淹在皇帝面前据理力争，说这样将会让前线的将士寒心，以后谁还替你守边？滕才得以免罪，但还是被贬到了巴陵郡。他到任后毫不气馁，励精图治，两年后百废俱兴，乃重修岳阳楼。这时他想到了两个出生入死的朋友，便分别给范仲淹和欧阳修各写一信，希望他们每人写一篇岳阳楼记。这实则是借楼明志，以记其壮。滕在《求记信》里说："天下郡国，非有山水环异者不为胜；山水非有楼观登临者不为显；楼观非有文字称记者不为久；文字非出于雄才巨卿者不成著。"在他眼里只有范、欧二人才算得上"雄才巨卿"，这封信现还存《岳阳县志》里。但不知为什么历史没有留下欧阳修的文章，而范仲淹的《岳阳楼记》却成了千古名篇。范的这篇文章实在是醉翁之意不在酒，借洞庭湖的波涛浇胸中的块垒，大写他们的改革经历和人生况味。是他"庆历新政"政治改革的文学表达。

一般人只知道江南水乡洞庭湖畔，渔舟唱晚中的岳阳楼，何曾想到这塞外的高寒岭，也是范、欧、滕三人友谊和那一段历史的见证。岳阳楼是一座人工的砖木建筑，是庆历改革同仁们的南方坐标，而这高寒岭上的版图柏，则是他们的北方坐标。不过更珍贵的，它是一个活着的生命，一个活着的坐标。岳阳楼是一件文物，版图柏是一棵古树，这又再次说明记录历史可以有三种形式：文字、文物和古树。而树木又是最忠实无言的、活着的、青枝绿叶、有汁有液的、有情感的记录。现测得这棵版图柏的树龄已九百七十一年，当地人说是范、欧来时所栽。这虽无确考，但这棵树的确是见证了范、欧二公翻山越岭、踏冰卧雪、筑寨守城的，也见证了庆历新政的改革派们忧国忧民、爱国报国的思想。现在人们已在高寒岭上造了一座"范欧亭"，纪念他们的功绩。

说也奇怪，我三次上高寒岭都是在深秋之际，每当我登高一望，看沟壑起伏万木萧条之时，就想起欧阳修的《秋声赋》："秋之为状也，其色彩惨淡，烟霏云敛；其容清明，天高日晶；其色栗冽，砭人肌骨；其意萧条，山川寂寥。"范、欧是历史的天空烟霏云敛、天高清明之后才逐渐显露出来的人物，而这棵版图柏经历千年的秋风的扑打，浑身已刻写出一道道的皱纹，它俯瞰群山，岿然不动。当年宋夏之争时，它挺立在这里是国境上的一根界桩，而现在，一千个春来秋去，它还在这萧条寂寥的高寒岭上守望着北疆，守望着历史。

高寒岭上演绎的第二出中国版图大戏是在康熙年间。原来明清之际，在今新疆伊犁河一带兴起了一支准噶尔蒙古族，到康熙时在其首领噶尔丹的率领下已称霸中亚。其势力东起兴安岭，西到伊犁，时常南下侵城掠地，抢夺人口，成了悬在大清北天上的一团乌云，也是压在康熙心头的一块石头。庆父不除，鲁难未已，噶尔丹不除，大清难宁，北部边境的版图无法完整。康熙决心反击，连续三次亲率大军出征。

第一次是康熙二十九年（一六九〇年），噶尔丹从兴安岭西麓南下，直逼北京。三十七岁的康熙出古北口，与噶在今河北、内蒙古交界的坝上草原相遇，打响了史上有名的乌兰布通战役。茫茫草原，无险可守。噶尔丹也真不愧为一个奇人，便命将一万头骆驼缚腿卧地，环列为城。驼背上搭以箱笼，蒙上湿毡，士兵依为工事，施放火器、弓矢，号"驼城阵"。这恐怕是中外战争史上唯一的一次以骆驼为战斗工事的战例。清军以火炮攻"城"，只可怜了那些无辜的骆驼。那年为写秋季的草原，我去过这个地方。草地上有一个小湖，倒映着蓝天白云，据说当年湖水尽为血染。时康熙的舅父为将，亲自上阵与敌格斗，牺牲于此，这湖后来就名将军泡子，可想当时战斗的惨烈。是役清军大胜，噶兵败后逃到今蒙古国西部的科布多。

一六九五年，噶又率骑兵三万南侵。第二年，康熙又率兵出独石口（今河北赤城）开始了第二次亲征，直将噶追击至今外蒙古乌兰巴托东南。噶军几被全歼，妻子被杀，他只率数十骑逃脱。康熙三十六年（一六九七年），康再鼓余勇发起了第三次亲征，对噶做最后的清除。出发前他谕示山、陕、甘三省巡抚，一切费用即由中央拨付，不得借机再向地方摊派，扰累百姓。他二月二十九日从府谷刘家渡过黄河，三月四日在高寒岭住一宿。第二天一早醒来，朔风刺骨，寒气逼人。他登上山顶，手扶着古柏，向北瞭望，但见群山起伏，白雪皑皑，一望无际。不由想起前方的将士，抛家离乡，爬冰卧雪地守护边疆，心中一阵感动，便口占诗一首《晓寒念将士》："长河冻结朔风攒，带甲横戈未即安。每见霜华侵晓月，最怜将士不胜寒。"壮丽的河山，强大的军容，更激励了这位马上天子不灭强虏誓不罢休的壮志。这时恰逢噶在伊犁的老窝发生内乱，康乘势挥师西进，风卷残云。三月十三日噶尔丹败死，清军大获全胜。四月七日胜利班师的康熙又高兴地赋诗道："黄舆奠四极，海外皆来臣，莫言漠北地，茕茕皆吾人，六载不止息，三度勤征轮，边析自此静，亭堠无烟尘……"他对部下说，朕两年之内三出沙漠，栉风沐雨，并日而餐，千辛万苦就是为了立强国之大业。确实我们应该感谢康熙三次北地亲征，前后八年，现在的中国版图基本上是他那时奠定的。

康熙这几次亲征除平定叛乱外，还调查研究解决了两件大事。

一是不修长城。一六九一年五月，康熙第一次征噶尔丹之后，古北口总兵官蔡元向朝廷提出，他所管辖的那一段长城"倾塌甚多，请行修筑"。康熙坚决不同意，他批示道："秦筑长城以来，汉、唐、宋亦常修理，其时岂无边患？明末我太祖统大兵长驱直入，诸路瓦解，皆莫能当。可见守国之道，惟在修得民心。民心悦则邦本得，而边境自固，所谓'众志成城'者是也。"以康熙这样一个满人皇帝，却能熟悉儒家经典，洞察历史，得出"守国之道，惟在修得民心"的结论，要把长城筑在民心上，真是难能可贵。这也是清朝能立国二百六十多年的原因之一。康熙的"民心长城"含多项内容，如吸收汉族的先进文化，多民族共处，沿用科举制度，用汉官，修康熙字典，编四库全书等。

第二件大事则是开放禁地，蒙汉融合。原来，清王朝开国初期为避免蒙汉两族的矛盾，在晋、陕、蒙边境，沿长城一线划出五十里宽、一千里长的缓冲地带，俗称"皇禁地"。蒙民不得放牧，汉民不得种地。这次他过高寒岭，看到边地蒙汉两族民众生活艰难，便下令逐步开放禁地，允许蒙民放牧，汉民种地。康熙三十五年（一六六九年）他下令："有百姓愿意出口种田，准其出口种田，勿令争斗。"

第二年，山西、陕西的汉民即纷纷拥入准格尔旗开垦土地，这就是后来绵延数百年的走西口的由来。先是允许边民春去秋回种地，不许居住，再逐步发展到可以在口外居住生活。清政府还屡次调整相关政策，不断丈量土地，完善管理，后来在高寒岭一线，以"仁、义、礼、智、信"五字命名，设了五个以开发土地为主的城寨。"仁、义"两段属山西河曲管理，"礼、智、信"三段属陕西府谷管理。这不但在经济上繁荣了边疆，在文化上也实现了民族大融合，为后来发展成多民族的国家奠定了基础。

现在，当我手抚翠柏，遥望河山时，这里虽然还有残存的戍楼、烽火台，但边境线早已北移到千里之外。只见山下水草丰美，牛羊成群，天边飘荡着蒙古族的长调，而黄河两岸田连阡陌，稻黍遍野，汉家炊烟袅袅，当年的古战场已演变成一片和平祥和的土地。我大学一毕业就分配在这一带工作，这里农牧交错，蒙汉融融，早已无边塞之感。我们不由想起康熙的那句话，"民心悦则邦本得，而边境自固"。现在高寒岭已开辟为黄河长城旅游区和森林公园，更引进了经济与观赏价值俱佳的高寒牡丹。千山万壑中除松柏叠翠之外，又多了一个花团锦簇、牡丹遍野的景观。柏树旁新立起了一个康熙的铜像，一抹夕阳给他还有不远处的范欧亭镀上了一层金色的轮廓。这时，再回头看这棵翠柏，早已不是国境上的一根界桩，而是一个新时空的地标。

塞下秋来风景异，长烟落日说青史。千嶂里，烽火台下翠柏绿。

燕山有棵沧桑树

　　北京之北一百多公里处就是河北的兴隆县，境内有燕山的主峰雾灵山。正是秋高季节，几个好友乘兴登山，一路黄花红叶，蓝天白云。松鼠横穿于路，野雀飞旋在树，鸟鸣泉响，好不快活。正走着，忽见路边有一指路牌：沧桑树与见证桩。不觉好奇，就下路拐入荒径，攀荆附葛，爬上一高坡，顿现一树一桩。

　　树是一棵奇怪的大松树。根基部十分壮大，盘根错节与山石一体，已分不清彼此。原树已经枯死，而在侧根处又长出一棵新树，有合抱之粗，浑身的鳞片层层相叠，青枝挑着绿叶在秋阳下闪闪发光。树身成"7"字形，斜出石缝向山外探去，蜿蜒遒劲，如一条苍龙欲腾空而去。大家正说这树像龙，当地的朋友说，这树还真就与龙有关。

原来，历代皇帝都自比真龙天子。清朝入关后的第一位皇帝是顺治帝，他即位后就在遵化县选定了自己的龙寝之地，后人称东陵。为使陵寝安宁，东陵以北兴隆境内这两千五百平方公里的山林，就全部划作"后龙风水"禁地。原住民全部迁走，不许耕种、伐木、采药、打猎，不许闲人进入。又配备了专门的护陵部队，隔不远就设一哨卡，满语称"拨"，现当地还留有不少地名："一拨子""二拨子"……森林郁蔽后，又清出若干防火通道，现有"北火道"等地名。一次士兵巡逻，忽然阵阵山风送来黄酒的甜香。深山禁地何来酒馆？细寻处，是深秋季节梨果落地，自然发酵，一沟酒香。于是这里就名"黄酒馆"。封建专制，普天之下莫非王土，皇帝伸手一指，这两千五百平方公里的土地一占就是两百五十四年，直到民国后的一九一五年才解禁。山之禁，树之福。这棵龙形松，四季有人护，年年有酒喝，过了两百多年平静舒心的好日子。笑看冬去春来，静听花开花落。

一九三一年日本人侵占东北，一九三四年南下占领兴隆，直逼北京，当年的这一片皇家禁地又成了敌我双方争夺的战略要地。在日本一方是南下的跳板，又是一处重要的战略物资地；在我方山高林密，正是开展游击战争的好地方。一场残酷的侵略与反侵略战争在这里反复拉锯，这其间数不清出了多少民族英雄，最著名的一个是孙永勤。孙本是一个普通农民，小时曾读私塾，粗通文字，又习得一身好武艺，身高两米，双手过膝，行侠仗义，人称"黑面门神"。他耻为亡国奴，便串联村里的十六位弟兄宣誓"为国为民，永无二心，抗暴杀敌，有死无降"，拉起一支"民众军"，自任军长。后接受中国共产党的领导，改称"抗日救国军"，一直发展到五千多人。孙带领部队一年半间，与敌接战两百多次，拔掉据点一百多个，成为日军的心腹大患。以至于日本人诱降国民党，与何应钦谈判签订《何梅协定》时都将灭孙作为一个筹码。而当时中共也注意到这支抗日力量，1934年8月正在长征途中的党中央发表著名的《八一抗日宣言》，将孙永勤与吉鸿昌、瞿秋白并列，说他"表现出我民族救亡图存的伟大精神"。孙在最后一次战斗中，寡不敌众又腿部负伤，被团团包围。他对参谋长关元有说："当年我们空手起家，誓杀尽敌寇，有死无降。今天弹尽粮绝，我来吸引敌人，你带部队冲出去，以图再起。"关说："杀敌第一，愿与军长同生死。"结果孙以下七百壮士全部壮烈牺牲。这棵树目睹了一个英雄的诞生。

"沧桑树"下还有一截二尺多高如水桶之粗的树桩，旁立木牌，上书"见证桩"三字，这是当年日寇掠夺当地资源的见证。我俯下身去想辨认一下树桩的年轮，只是经年的风吹雨打，横截面上的本质已经朽去，用手一捏，即成碎末。但整个桩子的大形还在，短粗挺直，身带焦痕，挺立于荒草乱石之中，似有所言。当年日本人为了铲除抗日武装的群众基础，便东起山海关，西到沽源县，制造了一个千里无人区，兴隆正当其中心。日军反复扫荡、搜剿，屠杀百姓，活埋、刀挑、挖心、狗咬，惨不忍睹，全县载入史册的大惨案就有九起之多，毁掉了两千个村庄，十一万人被赶入所谓的"部落"过集中营生活，战后全县人口从十六万降至十万。同时又大肆劫掠资源，共掠走黄金九千六百公斤，白银数万两，原煤数百万吨。压迫愈深，反抗愈烈，我抗日军民为保护资源，经常夜袭据点，烧敌仓库，破坏交通。游击队穿行于深山老林，神出鬼没。敌人气急败坏，便放火烧山，方圆两百公里火光接天，烟罩四野，五个月不灭。这块皇封禁地化为一片焦土。现在我们看到的这棵"沧桑树"就是劫后重生的火中凤凰，而那截"见证桩"则先是被砍后留下的树桩，后又过火，是日寇"三光"政策的见证。我抗日军民就在这样恶劣的环境下与敌周旋，直到最后胜利。全国抗战八年，这里是抗战十二年，现在山下的烈士陵园里还长眠着一千二百余位烈士。

看完"沧桑树"我们又重回登山主道，继续上山。秋阳如春，照在身上暖洋洋的，刚才脑子里的硝烟渐渐散去。正是果熟季节，路两边赤、橙、黄、绿，摆满销售和等待外运的核桃、柿子、苹果、山楂，排起两道长长的水果墙，农民的笑意都挂在脸上。近年来为致富老区，这里浅山处大力发展经济林，林果成了农民的主要收入。深山处开辟成国家森林公园，封山育林，涵养水源。来到这里才知道，北京人吃的栗子、冰糖葫芦多取自本地，原来兴隆已是全国第一板栗大县、山楂大县。北京人喝的水，也来自这里，全县高山密林间有大小径流八百条，昔日的"后龙风水地"已经成了京城的风水宝地。

随着山路的上行，两边的树木愈来愈密，栎树、楸树、枫树、桦木、杉木等遮住了头上的太阳和山外的蓝天，我们在林木的隧道里穿行。约一小时后终于穿出树海爬上燕山最高处的雾灵山峰。

这燕山是一座历史名山，也是中国政治史的一个大舞台。其成名很早，《诗经》中即提到燕山、燕水。李白之

"燕山雪花大如席"，韩愈说的"燕赵多慷慨悲歌之士"大略都是指这里。元灭宋后在这一带建都。朱元璋灭元后将他的第四子朱棣分封到这里，名为燕王，住藩北京。燕王深谋远略，在此整军备武，朱元璋一死便南下夺了帝位，将大明迁都北京，就是史上有名的永乐大帝。是他奠定了北京作为历史名都的规模气象。之后这里又上演了李自成进京、清军入关、日寇南侵、长城抗战、新中国成立等几场大戏。

　　我登上燕山之巅，遥望群峰从山海关一路奔来，长城起伏其间，脚下是一片树的汪洋，胸中荡起一幅历史的长卷。这时只见远处绿波中现出一团飘动的火苗，那是刚才上山时路过的一片花楸树林，这是一种我从未见过的树种，大概只有这燕山深处才有吧。都说枫叶红于二月花，这花楸叶子是枫叶的三四倍大，叶面厚实，树身高大，只在悬崖深壑、人迹不到的地方生长。秋风一过它就红得像浸了血、着了火。我又想起了刚才那棵穿越战火而来的"沧桑树"和劫后余存的"见证桩"。这块土地在民国时和解放初称热河省。热河，热河，好一片热土。先经过了两百五十四年的皇封冷藏，又经民国三十多年间的军阀混战、外族入侵和国共内战，终于回归于民，现已休养生息出这般模样。

　　山不转水转，人会老树还在。一截树桩见证了一个民族曾经的苦难，一棵树记录了这片土地上三个半世纪的沧桑。无论是朝代更替、人事变幻，还是自然界的寒来暑往、山崩地裂都静静地收录在树的年轮里。

死去活来七里槐

中华民族的三千年文明史是一部英雄史也是一部苦难史。如果要找一个记录了中华民族苦难的活的物证，那就只有河南三门峡的七里古槐了。

二〇一四年十一月，我到三门峡市出差，顺便问及当地有无可看的古迹。他们说，去看"七里古槐"，我却听成"奇离古怪"。我说："怎么个怪法？"答曰："不知何年生，也不知几回死，活得死去活来。"树坐落在陕县观音堂镇的七里村，以地得名。

一

　　槐树在北方农村无处不有，是村民乘凉、下棋、集会和
夏天吃饭的好地方，已成民俗文化的一部分。在我的记忆
中，那是一把绿色的大伞，是一个温馨的摇篮。小时院门外
有大小两棵槐树，爬树、掏鸟、采槐花，是我们每天的功
课。每当傍晚，炊烟袅袅，小村子里弥漫起柴火香时，大人
们就此一声彼一声地呼喊着孩子们回家吃饭。这时我们就在
高高的树枝上透过浓密的树叶，大声回答："在这儿呢！"
然后像猴子一样滑下树来。可以说我的童年是在槐树上度过
的。印象中槐树的树身平整光滑，不糙不凹，每爬时必得以
身贴树，搂紧臂，夹紧腿，快倒脚，才不会滑落。树枝是黛
绿色的，光润可爱，表皮上星布着些细小的白点，像旧时秤
杆上的金星。树性柔韧，农民常取其枝，以火煨弯，制扁担
钩、镰刀把、筐子提手等物件，孩子们则用来制弹弓。

　　可是眼前的这棵槐树怎么也不敢让我相信它还是槐，这
是一个成精的幽灵。它身重如山，杆硬如铁，整棵树变形、
扭曲、开裂、空洞、臃肿，无论如何，再也找不到我脑海里
槐树的影子。它真是一怪，奇离古怪。

　　先说这树的大。古槐坐落在长安到洛阳古驿道旁的一处

高坡上，树身遮住了半个蓝天，未进村先见树。据说当年唐开国大将尉迟恭在七里之外就见到这棵树。当你向树走去时，它就像一座大山正向你慢慢压来。等到爬上土坡，靠近树下，你又觉得这不是树，而是一堵墙，一座城堡，直逼得你喘不过气来。要像小时候那样，再搂着它爬是绝对不可能了。你倒是可以踩着不平的树身攀上去。为了测量树围，我们五个男人手拉着手，才勉强将它合抱。准确地说，这树围也是无法测量的，因为它的表面起起伏伏，如瀑布泻地，如山川纵横，早已不成树形，无法合围，只能大概地比画一下。这时你仰观树冠如乌云压顶，再退后几十米看，那主干在蓝天的背景下又成龙成凤，如狮如虎，张牙舞爪，尽人想象。四五里之外就是横跨欧亚大陆的陇海铁路，每有客车过时就特别广播，请大家注意看窗外的古槐。它已成中州大地上的一个地标。

奇怪之二，这树浑身上下布满了大大小小的疙瘩和深深浅浅的空洞。古树身上有几个疙瘩和洞不足为怪，这是它的骄傲，是年迈德高的标志。如老人手臂上的青筋，脸上的皱纹，是岁月的积累，时光的磨痕。但树生疙瘩如人生肿块，毕竟不是好事。况且这树也不是只有几处突凹，而是全身堆满了疙瘩，根本看不出原来的树纹。我想试着数一下树身上到底有多少个疙瘩，大中套小，小又压大，似断又连，此起彼伏。你盯不到半分钟就眼花缭乱，面前是一片连绵的山峰，来去的云朵。你一时又像掉进了波涛翻滚的大海，或者乱石穿空的天坑。都说卢沟桥的狮子数不清，这槐树身上的疙瘩根本就无法数，永远也没有个数。而且树身是圆形的，你边走边数，转一圈回来，已经找不到起点，扑朔迷离，如在雾中。我们已坠入一个奇离古怪的方阵，一个从未经见过的时空系统。

二

　　这棵树所在的陕县，属中国最古老的地名。现在我们常说的陕，是指陕西省。就像豫指河南，晋指山西。其实，陕的溯源是现在河南三门峡市的陕县，古称陕塬，也就是现在这棵古槐的扎根之处。周成王登位之后，周、召二公帮他治理天下，两人分工以陕塬为界，周治陕之东，召治陕之西，并立石为界。现在陕县还存有这块"分陕石"。算来，这已是三千年前的事了。今天偌大的一个陕西省，二十万平方公里，却是因为坐落在一块小石之西而得名。陕塬之西的西安是十三朝古都，之东的洛阳是九朝古都。一部中国古代史几乎就是在这两个古都的连线上来回搬演。你看，这棵老槐一肩挑着两个古都，背靠三晋，左牵豫，右牵陕，老树聊发少年狂。它像一根定海神针，扎在了中国历史地理的关键穴位上。天下大事合久必分，分久必合，在这块古老的土地上，多少次的朝代更替，多少代的人来人去，黄河奔流东逝水，沧桑之变知几回。但是这株老槐不死，上天把它留下来，就是要向后人叙说那些不该忘记的苦难。

老槐无言，但它自有记事的办法，这就是满身的疙瘩。古人在没有文字之前，最原始的办法是结绳记事。这棵古槐与中华民族共患难，不知经过了多少风雨，熬过了多少干旱，穿过了多少战乱。它每遭一次难就蹙一次眉，揪一下心，身上就努出一块疙瘩。

三

古槐生在唐朝，它遭的第一大难是"安史之乱"。

中国古代农民所受之苦，大致有两类。一是服兵役。不管哪个人上台，哪个朝代更替，都是用刀枪说话。"一将功成万骨枯"，一朝更替血漂杵。兵者，杀也。只要战事一起，就玉石俱焚。百姓或者被驱使杀人，或者被人杀。二是赋税徭役。统治者是靠人民供养的，农民要无偿地缴纳实物，无偿地贡献劳力。唐朝有"租庸调法"，"租"即缴粮，"庸"即缴布，"调"即服役。而战事频繁无疑加剧了赋税的征收与劳役的征召。兵役与徭役就像两扇磨盘，不停地碾磨着无辜的生命。

中国人以汉唐为自豪。唐强盛的顶点是开元之治，但接着就发生了天宝之乱，即"安史之乱"。有趣的是，这个大转折发生在同一个皇帝，即唐玄宗身上。开元、天宝都是唐玄宗的年号。他前期小心翼翼，励精图治，后期贪图安逸，纵容腐败，重用奸臣。中国封建社会两千年，是君主专权的家天下，各朝由治到乱几乎都是同一个模式，祸乱先从掌权者自身开始，从他们的私事、家事甚至是婚事开始。

唐玄宗鬼使神差地爱上了自己的儿媳妇杨玉环，先让她离婚，出家，然后又转内销，返娶为妃，就是史上著名的杨贵妃。玄宗与贵妃终日饮宴作乐，不理政事。白居易有诗为证："春宵苦短日高起，从此君王不早朝。承欢侍宴无闲暇，春从春游夜专夜。"这时，地方上已藩镇割据，军阀坐大。其中最有势力有野心的是安禄山，杨贵妃又认安为干儿子，里勾外连，姑息养奸。这等下伤人伦，上毁朝纲，外乱吏治的胡作非为，让在长安以东刚刚长成不久的这棵槐树不觉皱眉咋舌，当时就起了一身鸡皮疙瘩。这恐怕就是这棵古槐最初长疙瘩的缘起。后来安禄山公开扯起反旗，七五六年在洛阳称帝，国号大燕。然后就顺着这条驿道从老槐树下一直打到长安。今陕县一带是叛军和政府军反复争夺的主战场。什么叫"祸国殃民"，当政者以国事为儿戏，以私乱国，招来横祸，又祸及百姓。

内战一起，驿道上、黄河边就人头落地，血流成河。只西塬一战，二十万唐军就全军覆没。而百姓，不是死于乱军中，就是被抓丁拉夫。家破人亡，痛不欲生，诗人杜甫亲历了这场大乱。离老槐树不远，有一个石壕村，杜甫在这里过夜，正遇上抓壮丁。房东老妇人出来说，连年打战，家里早无男丁，要抓就把我抓去吧，别的不会，可以到军营里帮你们做做饭。来人就将老妇带走了。可见战争中人口锐减、民生凋敝到何种程度。

虽已千年，这石壕村现在仍然沿用旧名，那天我去时，村口迎面的大墙正书着那首《石壕吏》。杜甫夜宿的窑洞还在，只是已坍塌过半。巧合的是这个千户大村，有一半人姓杜。村外的石壕古驿道在埋没多年后，最近又被重新发现，旅游部门正在维修，准备对外开放。我们试走了一回，那坚石上磨出的车辙，足有一尺之深，可见岁月的沧桑。当年杜甫就是从洛阳出发踏着这条驿道过新安县、陕县、潼关回长安的，沿路所见，心酸不止。他边走边吟为我们留下了著名的"三吏"（"新安吏""石壕吏""潼关吏"）和"三别"（"新婚别""无家别""垂老别"）。"客行新安道，喧呼闻点兵""暮投石壕村，有吏夜捉人""哀哉桃林战，百万化鱼虫"。这连年的战乱，百姓何以生存！杜甫曾被叛军困在长安，战乱过后，他又目睹了这座当时世界名都的颓废荒凉："国破山河在，城春草木深。感时花溅泪，恨别鸟惊心。"与杜甫同困在长安的还有写了著名的《吊古战场文》的大散文家李华，他这样描写当时战争的残酷和百姓的从军之苦："万里奔走，连年暴露""无贵无贱，同为枯骨"。这唐朝经安史之乱后就开始走下坡路。政治日渐腐败，吏治更加黑暗，社会贫富差别日益扩大。老槐之西靠近长安城，有一个阌乡县（今属灵宝市），缴不起租税的农民被关入大牢，不少人在牢中冻饿而死。白居易愤而向上写了一封《奏阌乡县禁囚状》，又写诗感叹道："朱轮车马客，红烛歌舞楼。欢酣促密坐，醉暖脱轻裘……岂知阌乡狱，中有冻死囚。"面对这种腐败，这槐树俯首驿道，西望长安，只能以泪洗面了。日复一日，泪水冲刷着树身，皲裂开一道道的细缝，又浸蚀出一个个的空洞。它浑身的疙瘩高高低低又增加了不少。

唐之后，经过五代十国几个短命王朝的更替，直到公元九六〇年赵匡胤重又统一天下，建立大宋。宋朝的首都还是定在河南。这中间又乱了两百多年，再后是金人的入侵，宋、元、明、清的更替，社会激荡，兵连祸接，民不聊生。官道上："车辚辚，马萧萧，爷娘妻子走相送，尘埃不见咸阳桥。"狼烟四起，尘埃滚滚，再加上兵匪在树下勒绳拴马，埋锅造饭，砍树斫枝，老槐树被折磨得喘不过气来，又不知几死几活。

四

历史进入到近代，封建王朝终于结束，迎来了民国。但这又是一个乱世。自一九一一年推翻皇帝到了一九四九年建立新中国的三十八年间，外族入侵，兵连祸接，虽有一个国民政府，但全国从来没有真正统一过。河南这块中州大地，又成了逐鹿中原的战场，黄河泛滥的滩涂，水、旱、蝗灾肆虐的舞台，最是我民族苦海中的一个荒岛。老槐树又经历了一个最痛苦的时期。史学家李文海撰写的《中国近代十大灾荒—万里赤地》中记载，民国十八年（一九二九年）北方大旱以河南为最，全省一百一十八个县，受灾的有一百一十二个，灾民三千五百万。而河南又以这棵老槐所在的豫西为最。连续两年颗粒不收，杨、柳、椿、榆、槐等树，叶被捋光，皮被剥尽。将树叶吃完后，灾民只好去吃细土，人即滞塞而死。大灾接连瘟疫，天灾引发匪患，民不聊生。陕县一带出现"僵尸盈路，死亡载道"。是年，上海《申报》文章载《豫灾惨状之一斑》："一男子担两筐，内卧赤体小儿两个，污垢积体，不辨肤色，辗转筐内，咿呀求食。其男子见人即呼，愿以二十串钱卖此二子，言之声泪俱下。"当时任河南省民政厅长、省赈务会主席的张钫（解放后为全国政协委员）到南京向蒋介石面陈灾情。一九三〇年到一九三一年间以张的名义发出的求救电文达五十多件。一九三〇年天津《益世报》载《中原风声鹤唳，张钫为民请命》。在这场大饥荒中古槐与饥民同为乱世所扰，烈日所烤，疫气所蒸。兵匪过其下，乌鸦噪其上，尘垢裹其身。灾民无奈，又再一次对老树捋叶剥皮。唐槐又一次地死去活来。

一九三八年，蒋介石为阻日军南侵，在花园口炸开了黄河，虽暂挫日军，但中州大地也顿成一片沙漠，年年旱灾、蝗灾不断。一九四二年又现史上少见之大灾。许多地方出现了"人相食"的惨状，一开始还是只吃死尸，后来杀食活人也屡见不鲜。但这并没有引起蒋介石政府对河南灾情的重视，并一味掩饰。二月初重庆《大公报》刊登了该报记者从河南灾区发回的关于大饥荒的报道，却遭到国民政府勒令停刊三天的严厉处罚。

美国《时代》周刊驻华记者白修德闻讯后，即冲破阻力在当地传教士的帮助下到灾区采访。路旁、田野中一具具尸体随处可见，野狗任意啃咬。他拍了多幅照片，将这场大饥荒公布于世。这次大饥荒更甚于民国十八年，死亡人数达三百万之多！这一切都发生在老槐树的脚下。树与人同难，已被捋叶剥皮的老槐，眼看树下死尸横陈，耳听远方哀鸿遍野，再一次地痛彻骨髓，死去活来。人活脸，树活皮，树木全靠表皮输送水分养分。天大旱地无水，水分何来？人饿疯又剥其皮，它还怎得生存？于是树内慢慢朽出大大小小的空洞，而主干上也只剩下了些横七竖八的枯枝。

更可怕的是在这老树下发生的不仅是天灾，更有人祸。1937年卢沟桥事变后，日军开始向中国腹地步步侵入。并且实行灭绝人性的"三光"政策，制造了无数惨案。近来纪念抗战胜利七十周年，许多史料又被重新发现。一九四四年春，日寇集中侵华战争以来的最大兵力，在中国战场发动了代号为"一号作战"的对中国豫湘桂正面战场的战略进攻，河南首当其冲。而这老槐树下的"灵（宝）陕（县）之战"
又是河南战役中规模最大、最为残酷之战。河南文史资料
载，一九四四年五月二十五日，日军截获大批逃难民众，便
将河南大学、各中学女生及军队女眷五百多人，赶到卢氏县
外的洛河河滩上，在光天化日之下，强剥衣裤，裸卧沙滩，
恣意蹂躏，然后又割乳、剖腹，全部杀死。凄厉哭号之声，
惨不忍闻。史称"卢氏惨案"。这年夏天，日军又将中条山
战役中俘虏的两千多名中国军人押到三门峡市北的会兴镇山
西会馆内，取名为"豫西俘虏营"。日军不顾国际公约，肆
无忌惮地折磨俘虏。每天每人只配给四两发霉的小米，强迫
重体力劳动。如有伤病，就用刺刀捅死，扔进沟壑。只一次
就逼迫四百名丧失劳动力的俘虏，每人挖坑一个，然后推入
坑内活埋。这次战役中国军队进行了英勇抵抗，第三十六集
团军总司令兼第四十七军军长李家钰、五十七军第八师副
师长王剑岳将军阵亡。（二〇一四年九月一日，民政部第
三二七号公告，公布了第一批三百名著名抗日英烈名录，他
们荣列其中。）老槐目睹了这一幕，青筋暴突，两眼冒火，
恨不能拔拳相助，可它这时也已极度衰弱，只能陪我可怜的
同胞忍受这空前的民族大耻辱。老泪横流，痛不欲生。

五

这老槐经历的最后一难是"文革"之乱,"文革"中最响的口号是"打倒刘、邓",这两人又都与老槐有缘。

一九三八年十一月,当这株唐槐经历了千年的风雨,身心交瘁,孤守驿道时,眼前突然一亮,路上从西向东走过一个瘦高个的人,还有几个随从,都穿着过去从未见过的八路军的衣服。这人就是刘少奇,他从延安过来,要传达中共六届六中全会的精神,指导中共和八路军在河南的工作。他从树下走过,踏着这条千年古道,一直走进渑池八路军兵站,在这里召开了"中共豫西特委"扩大的干部会。更值得一提的是他在这里写成了名著《论共产党员修养》,并办了两期特训班,进行讲授。当年这一带属卫立煌管的一战区,作为八路军副总司令的彭德怀常来往于途,与卫共商抗日大事。《彭德怀自述》里说,"从西安乘车到洛阳,见了卫立煌,拜访了一些民主人士",说的正是这一段路。那时正是国共合作,大家同仇敌忾打鬼子,老槐树也心有所慰,精神了许多。后来盼到了新中国成立,没有想到刘少奇当了国家主席,它十分惊喜。但是好景不长,"文革"风云一起,刘少奇就被打倒,批斗,百般受辱,永远开除党籍,最后又送回河南囚禁而死。一九九五年老槐又见证了王光美重访此地，含着泪在一方红布上写下了刘少奇生前的最后一句话："好在历史是人民写的。"

它虽然没有见过邓小平，但"文革"中批邓的鼓噪声震耳欲聋，在它浑身大大小小的树洞里嗡嗡回响，让它心烦意乱。一九七五年，曙光一现，邓小平复出，大抓整顿，全国气象为之一振。但不到一年又掀起了"批邓反击右倾翻案风"，邓再次被打倒。用文艺武器来搞政治本是江青的拿手好戏，"四人帮"决定拍一部批邓电影《反击》，外景地就选在这棵老槐树下。那天，老槐见一群红男绿女，扛着些长枪短炮类的家什，拿着些奇奇怪怪的道具，明明是城里的娇娃嫩女，却扮作些有皱纹的老农、举锤的工人、扛枪的战士，粉墨登场。他们围在树下，一哇声地高喊批邓。村民还有过路人都围在树下看热闹。突然，"咔嚓"一声，一根大腿粗的老枝从空断裂，趴在树上看热闹的一个外地人，随之落地，口吐鲜血，不省人事。村民赶紧卸下一块门板，招呼人飞快地抬往附近医院。眼看要出人命，拍摄也就草草收场。不久"四人帮"垮台，这电影当然也再没有放映。这是那天下午现场采访时，几个老人比画着，给我讲的他们亲历的老槐树发怒的故事。据村民回忆，十年"文革"，老槐总

148

是打不起精神，奄奄一息。自从这次树呼一何怒，"文革"就很快结束，老树又焕发了生机，如一只烈火中再生的凤凰。这就是我们在文章开头讲到的那郁郁葱葱的样子。三门峡，因黄河水流湍急，峡口水中有中流砥柱而闻名，而这棵七里古老槐真不愧为我中华民族历史长河中的中流砥柱。

这树下可考的名人，除前面说到的杜甫、白居易、刘少奇、彭德怀外，还有罗章龙、冯玉祥、鲁迅。20世纪二三十年代，这观音堂是豫西重镇。陇海铁路只修到此为止，再往西无论人货运输，都是要换乘公路或黄河水路。人与物的滞留集散倒成就了这里的繁华。一九二一年十一月陇海铁路工人大罢工，李大钊曾派罗章龙来这里组织领导。一九二四年七月鲁迅到西安讲学，在观音堂下车，改乘船走黄河水道，一周后才到达西安。一九二七年冯玉祥治豫，发誓要扫荡黑暗，七月曾亲临树下讲演。现在树下还存有他讲演内容的一块石碑，上面刻着五条："我们是一定要将贪官污吏土豪劣绅打倒；我们是要建设极清廉的政府；我们要为人民除水害，兴水利，修道路；我们要教育人民，使人民能读书，能写字；我们要训练为人民利益的军队。"

六

　　胜利使人骄傲，苦难让人清醒。无论是对一个民族还是一个人，苦难永是一剂良药。一个没有经历过苦难的民族是不成熟的民族；一个经历过苦难而又不知道保存这份记忆的民族是短视的民族；只有经历了苦难而又能时时不忘，以史为镜、知耻而勇的民族才是最有希望的。

　　由于地理气候的关系和人为的原因，历史上中国大陆，特别是中原地区一向多灾，水、旱、蝗、黄、兵、疫、匪，七灾俱全。人和树都生活在这块黄土地上，一次次地克服苦难，死中求生，化险为夷。可惜，人的记忆常常是选择性的，在英雄与苦难、经验与教训、胜利与牺牲、光荣与屈辱之间，常记住了前者而忘记了后者，甚而是有意地回避。幸亏在这个国土上还有古树与我们同在，树不欺人亦不自欺。它与我们扎根在同一片土地上，同呼吸共命运。天灾，灾树亦灾人；人祸，祸人也祸树。树木在默默地记录着一切，而且远比人的记忆悠长。它有自己的语言，用宽窄不同的年轮、扭曲变化的形体，或枯或润的肤色、高高低低的肿块、深深浅浅的树洞来表达它的喜悦与愤怒，录下了它所经历过的自然和人文的变迁。以铜为镜可正衣冠，以人为镜可知得失，以树为镜可还原本然。当我们心浮气躁时，踌躇满志时，或者将要受临大任之际，请找一棵起伏不平、遒劲桀骜、伤痕累累的古树来读一读吧，面对它沉思默想一会儿，你会顿然脚踏实地，心静如水。

那天采访完后正是日暮时分，夕阳压山，红霞满天，风停云住，宿鸟归林。我终于能静下心来，以手抚树，一点一点地来研读一下这棵老槐。它五围之长、数丈之高的树干表面，展开后就是一幅巨大的历史画卷。中国传统文人的画多表现闲适题材，留下的著名长卷如写山水之美的《富春山居图》，写市井繁华的《清明上河图》，写人物飘逸的《十八神仙卷》，还有写这个古槐所在地古代贵族生活的《虢国夫人春游图》等，无不如此。而写现实生活中苦难的几乎没有，只有近代蒋兆和的一幅《流民图》。人工不逮天工补，现在好了，我们有了这幅上迄唐代下到"文革"的《老槐说难图》。这是一幅老辣的焦墨山水人物画，那凝重枯涩的线条欲断还连，欲哭无泪；这是一幅毕加索的《格尔尼卡》，那立体图形的拼接，似像非像，似有似无，诉说着被撕裂、被蹂躏后的悲惨和痛苦；这又是一幅发愤图，树身上的疙瘩如拳如脚，如枪如戟，我耳边又响起在这树下殉国的李家钰将军的誓言："男儿持剑出乡关，不灭倭寇誓不还。"这里面有历史，安史之乱、民国之乱、"文革"之乱等一个不少；有故事，战争、冤狱、天灾，应有尽有。这画中有人物，唐朝以胖为美，你看大团的线条组合与立体肿块的堆砌中，有雍容富态的杨贵妃，有风流倜傥的唐明皇，还有那个特别肥大的安禄山（传安禄山体壮如山，肚肥如鼓，刺客连刺三刀，未破其肚）。画中还有瘦弱多病的杜甫，才思奔涌的李白，忧国忧民的白居易，直到鲁迅、冯玉祥、刘少奇、彭德怀。在这个世界上，树和人是相通的，树中有人，人中有树。要不，毛泽东怎么在病危之际仍然要人给他读《枯树赋》呢？当读到"昔年种柳，依依汉南。今看摇落，凄怆江潭。树犹如此，人何以堪"，他不由泪流满面。

往事越千年，满树疙瘩记苦难。树因水土气候的关系而生疙瘩，这很自然。但是因人文社会的变化而郁结于心，鼓为疙瘩，这有没有根据？陪我去采访的报社孟总讲了一个他亲身经历的故事。当年他们村里有一棵大杨树，浑身长满了疙瘩。疙瘩何来？都是从人身上来的。那些年缺医少药，村民得了病就请本村一个半医半巫的老人来治。治法也很简单，河边揪一把草药，熬了喝下，老者守在身边口中念念有词，同时伸手在病人身上一抓，向大杨树的方向甩去。病人就"涩然汗出，霍然病已。"那大杨树就代人受病去了。年

152

长日久，杨树就长满了一身的疙瘩。又过了些年，村里搞基建，将这树伐掉，各家分了几块木板。孟家人多，正愁无床，就拿来做了铺板。结果凡睡上的人都身上起疙瘩，孟总浑身最多时起过四十二个。最后只好将这铺板移作别用，人身上的疙瘩也就慢慢消失。信不信由你，但确有其事。

树木有灵。村边一棵杨树能为全村人担灾，这千年古驿道旁的一棵老槐当然也要为我中华民族分担苦难。

百年震柳

地震能摧毁一座山，却不能折断一株柳。

约在百年前，一九二〇年十二月十六日晚八时，在宁夏海原县发生了一场全球最大的地震，震级八点五，裂度十二，死二十八万人，震波绕地球两圈，余震三年不绝，史称环球大地震。这远远大于后来我国一九七六年的唐山大地震和二〇〇八年的汶川大地震。虽已过去近百年，海原大地震仍然是全球地震界说不完的话题。

一九二〇年的中国，民国初立，军阀混战，天下大乱，贫穷落后的西北忽又遭此奇祸。是年秋，海原的小气候突然变好。田野丰收，谷物满仓，梨子硕大无比，直把枝条压得喘不过气来。而树上秋果未落，春花又开，灿若白雪。当人们正惊异于天降祥瑞之时，进到十二月却怪象频频，群狼夜嚎，畜不归圈。平日里温顺服帖的家狗瞪眼、炸毛，疯狂地咬人。天边黑烟滚滚，地心雷声隐隐。深夜里山民静卧窑洞，望见远山红光罩顶，又闻炕下的土层深处，有如撕布裂木之声，令人毛骨悚然，惊为魔鬼作祟。

　　到十六日晚八时，忽风暴大起，四野尘霾，大地开始颤动，如有巨怪在土下钻行。霎时山移、地裂、河断、城陷。黄土高原经这一抖，如骨牌倒地，土块横飞。老百姓惊呼："山走了！"有整座山滑行三四公里者，最大滑坡面积竟毗连三县，达两千平方公里。山一倒就瞬间塞河成湖，形成无数的大小"海子"。地震中心原有一大盐湖，为西北重要之产盐地。湖底突然鼓起一道滚动的陡坎，如有人在湖下推行，竟滴水不漏地将整个湖面向北移了一公里，被称之为"滚湖"。至于道路断裂、田埂错位、村庄塌陷等，随处可见。所有的地标都被扭曲、翻腾得面目全非。

　　这些被破坏的还都是些非生命之物，而受灾最重的是人，有生命的人。当地百姓一向生活苦寒，平日居住全靠依山挖洞为窑。这种既无梁木支撑，又无砖石为基的土窑，大地轻轻一抖就轰然垮塌，整村、整寨、一沟、一坡的人，瞬间就被深埋黄土之中，如意大利庞贝古城之灾。水灾之患，还可见尸；火灾之患，还可寻骨；而地震之灾人影全无。所谓"死者伏尸于黄土之中，无骨可葬；生者蛉居于露天之下，无家可归"。震中的海原县有人口十二三万，粗略统计就死了七万余人。有一户人家正在为过世老人做周年祭，请来亲朋三十多人，全数被捂在土中。震后常有孑遗者指某处说："这里埋我全家。"整个震区在多少年后才大略统计得死亡人数约二十八万人。至今，这仍是全球史上死亡人数最多之天灾。当时的甘肃省省长给大总统徐世昌的十万火急电报说："人心惶恐几如世界末日将至，所遗灾民，无衣、无食、无住，游离惨状目不忍见，耳不忍闻"。但北洋政府也只是以大总统的名义，捐一万大洋了事。

海原大地震实是因地球的印度洋板块与太平洋板块相互挤压所致，与近年来的汶川大地震同出一因。在这条地震带上有两个巨人一直在扛着膀子，艰难地较劲。这种相持，大约千年左右就会打破一次平衡，两身相错，大地轻轻一抖。有案可查，一九八二年国家地震局曾在当地开深槽验土，探得六千年来，在海原地区这两个版块就有六次因较劲失手而引发地震。第一、二次大约在五千年前，第三次在两千六百年前，第四次在一千九百多年前，第五次在一千年前，第六次即海原大地震，在一百年前。不要小看两个板块轻轻一擦，世界就几死几活，如同末日降临。

远的没有记载，就说百年前的这一次，大地瞬间裂开一条两百三十七公里长的大缝，横贯甘肃、陕西、宁夏。裂缝如闪电过野，利刃破竹，见山裂山，见水断水，将城池村庄一劈两半，庄禾田畴撕为碎片。当这条闪电穿过海原县的一条山谷时，谷中正有一片旺盛的柳树，它照样噼噼啪啪，一路撕了下去。但是没有想到，这些柔枝弱柳，虽被摇得东倒西歪，断枝拔根，却没有气绝身死。狂震之后，有一棵虽被撕为两半，但又挺起身子，顽强地活了下来，至今仍屹立在空谷之中。

为了寻找这棵树，我从北京飞到银川，又坐汽车颠簸了四个多小时，终于在一个深山沟里找到了它。这条沟名哨马营，一听这个名字，就知道是古代的屯兵之所。宋夏时，这里是两国的边界。明代时，因沟里有水，士兵在这里饮马，又栽了许多柳树供拴马藏兵。后几经更迭，这里成了一个小山庄，住着五户人家，过着被外界遗忘的桃源生活。直到一九八一年由中国、美国、加拿大、法国组成的联合考查队，沿着两百三十七公里长的地震裂缝徒步考察时才发现了它。我们从县城出发，车子在大山的肚子里翻上翻下，左拐右折，沿途几乎没有看到人家，偶有几座扶贫搬迁后留下的废院子，散落在梁峁沟坎之中。坡上大多是退耕后的林地，树苗很小还遮不住黄土。可想百年之前，这里更是怎样的荒凉寂寞。正当我心头一片落寞之时，身下的沟里闪出一团翠绿，车头一拐，驶入谷底。行到路尽之处，眼前的一棵大柳树挡住了去路，原来这条路就是专为它修的，这就是那棵有名的震柳。

它身高膀阔，蹲在那里足有一座小楼那么大。枝叶茂盛繁密，纵横交错，遮住了半道山沟。难怪我们在山顶上时就看见这里有一团绿云。沟的尽头依稀还有几棵古柳，脚下有一股清泉静静地淌过，湿润着这道沟。几头黄牛正低头吃草，看见来人，好奇地摆动尾巴，瞪大眼睛，这真是一个世外桃源。欲问百年事，深山访古柳。但我不知道这株柳，该称它是一棵还是两棵。它同根、同干，同样的树纹，头上还枝叶连理。但地震已经将它从下一撕为二，现两半个树中间可穿行一人。而每一半，也都有合抱之粗了。人老看脸，树老看皮。经过百年岁月的煎熬，这树皮已如老人的皮肤，粗糙、多皱，青筋暴突。纹路之宽可容进一指，东奔西突，似去又回，一如黄土高原上的千沟万壑。这棵树已经有五百年，就是说地震之时它已是四百岁的高龄，而大难后至今又过了一百岁。

看过树皮，再看树干的开裂部分，真让你心惊肉跳。平常，一根木头的断开是用锯子来锯，无论横、竖、斜，从哪个方向切入，那剖面上的年轮图案都幻化无穷，美不胜收。以至于木纹装饰成了我们生活中不可或缺的风景，木纹之美也成了生命之美的象征。但是现在，面对树心我找不到一丝的年轮。如同五马分尸，地裂闪过，先是将树的老根嘎嘎嘣嘣地扯断，又从下往上扭裂、撕剥树皮，然后再将树心的木质部分撕肝裂肺，横扯竖揪，惨不忍睹。正如鲁迅所说，悲剧就是将人生有价值的东西撕裂给人看。你看，这一棵曾在明代拴过战马，清代为商旅送行，民国时相伴农夫耕作的德高望重的古柳，瞬间就被撕得纷纷扬扬，枝断叶残。天灾无情，世界末日。

但是这棵树并没有死。地震揪断了它的根，却拔不尽它的须；撕裂了它的躯干，却扯不断它的连理枝。灾难过后，它又慢慢地挺了过来。百年来，在这人迹罕至的桃源深处，阳光暖暖地抚慰着它的身子，细雨轻轻地冲洗着它的伤口，它自身分泌着汁液，小心地自疗自养，生骨长肉。它就是那二十八万亡灵的转世再生。百年的疤痕，早已演化成许多起伏不平的条、块、洞、沟、瘤，像一块凝固的岩石，为我们定格了一个难忘的岁月。我稍一闭目，还能听到雷鸣电闪，山摇地动。

柳树这个树种很怪。论性格，它是偏于柔弱一面的，枝条柔韧，婀娜多姿，多生水边。所以柳树常被人作了多情的象征。唐人有折柳相送的习俗，取其情如柳丝，依依不舍。贺知章把柳比作窈窕的美人："碧玉妆成一树高，万条垂下绿丝绦。不知细叶谁裁出，二月春风似剪刀。"但在关键时刻，这个弱女子却能以柔克刚，表现出特别的顽强。西北的气候寒冷干旱，是足够恶劣的了，它却能常年扎根于此。在北国的黄土地上，柳树是春天发芽最早，秋天落叶最迟的树，它尽力给大地最多的绿色。当年左宗棠进军西北，别的树不要，却单选中这弱柳与大军同行。"新栽杨柳三千里，引得春风渡玉关。"柳树有一种特殊的本领，遇土即根，有水就长，干旱时就休息，苦熬着等待天雨，但绝不会轻生去死。它的根系特别发达，能在地下给自己铺造一个庞大的供水系统，远远地延伸开去，捕捉哪怕一丝丝的水汽。它木性软，常用来做案板，刀剁而不裂；枝性柔，立于行道旁，风吹而不折。它有极强的适应性，适于各种水土、气候，也能适应突如其来的灾难。美哉大柳，在人如女，至坚至柔；伟哉大柳，在地如水，无处不有。唯我大柳，大难不死，百代千秋。

我想，那海原大地震，震波绕地球两圈，移山填河，夺去二十八万人的生命，为什么单单留下这一株裂而不死的古柳？肯定是要对后人说点什么。地震最常见的遗址是倒塌的房屋、错裂的山体和沉默的堰塞湖。但那都是些无生命之物，只能苦着脸向人们展示过去的灾难。而这株灾后之柳却不同，它是一个活着的生命，以过来人的身份向我们宣示，战胜灾难唯有坚守。一百年了，它站在这里，敞开胸怀祖露着伤痕；又举起双臂，摇动动青枝。它在说，活着多么美好，这个世界上没有什么能够扼杀生命，地球还照样转动。

我出了沟口翻上山头，再回望那株百年震柳，已看不清它那被裂为两半的树身，只见一团浓浓的绿云。一百年前，在这里地震撕裂了一棵树；一百年后，这棵树化作一团绿色的云，缝合了地缝，抚平了地球的伤口。我知道县里已经建了地震博物馆，有文字，有图片，但是最生动的，莫如就在这里建一座"震柳人文森林公园"，再种它一沟的新柳。震柳不倒，精神绵长，塞上江南，绿风浩荡。这不只是一幅风景的画图，更是一座活着的博物馆，一本历史教科书。

树殇、树香与树缘

"殇"字在字典里的解释是：还没有到成年就死了。就是说，是非正常死亡。在古代又指战死者。屈原有一篇名作就叫《国殇》，歌颂、悼念为国捐躯的战士。我这次海南之行，却意外地碰见两棵非正常死亡的珍稀树，由此引起一连串的故事。

十一月底，北京寒流骤至，降下第一场冬雪，接着就是有史以来最严重的雾霾，污染值突破一千大关，媒体大呼测量仪"爆表"。行人出门捂口罩，白日行车要开灯。就在这样的日子里，我们恰好在海南开一个生态方面的会议，逃过了北京生态之一劫。晨起推开窗户，芭蕉叶子就伸到你的面前，有一张单人床那么大，厚绿的叶面滚动着水珠，像一面镜子，又像一面大旗。我忽然想起古人说的蕉叶题诗，这么大的叶子，何止题诗？简直可以泼墨作画了。又记起李清照的芭蕉词："窗前谁种芭蕉树？阴满中庭。阴满中庭，叶叶心心，舒卷有余情。"三亚市处北纬十八度，正是亚热带与热带之交，这里的植物无不现出能量的饱满与过剩。椰子、槟榔、枇杷通体光溜溜的，有三层楼那么高，一出土就往天上钻，直到树顶才伸出几片叶子，扫着蓝天。树上常年挂着青色的果实。我们走过树下，当地农民熟练地赤脚爬上树梢，用脚踩下几个篮球大的椰子。我喝着清凉的椰子水，想着此刻北京正被雾锁霾埋的同胞，心生惭愧，有一种不能共患难的负罪感。路边的波罗蜜树更奇，金黄色的袋形果子不是长在叶下或细枝上，而是直接挂在粗壮的主干上，有的悬在半腰，有的离地只有几寸，像一群正在捉迷藏的孩子。北方秀气一点的人家常会养一盆名"滴水观音"的绿植，摆在客厅里引以自豪。而这里满山都是"观音"，一片叶子就有一人多高，两臂之宽。我背靠绿叶照了一张相，那才叫自豪呢——你就是一个国王，身后是高高的绿色仪仗。她在这里也不用"滴水观音"这个娇滴滴的名字，当地人就直呼为"海芋"。还有一种旅人蕉，一人多高的叶管里永是贮满了水，旅行的人随时可以取用。虽是冬季，也误不了花的怒放，仍是一个五彩的世界。红色、紫色、雪青色的三角梅在路两旁编成密密的花墙。大叶朱蕉一身朱红，让你分不清是花朵还是叶子。三层楼高的火焰树在各种厚重浓绿的草树簇拥下，向天空喷吐着红色的火焰。

我看着这些美景激动不已，激动之余又是嫉妒。我身在曹营心在汉，一花一叶都牵动我的北方神经，联想到此刻北京的雾霾，想起我那些可怜的北方同胞。这真是太不公平了，同样是人，难道北方人就该去承受寒冷、大漠、风沙、雾霾吗？我想起二十年前一个真实的故事。西北某省一个青年团干部，第一次走出家乡来到深圳（他还没有像我这样过海上岛呢），大呼南方原来是这样的啊！一跺脚，永不再回自己的家乡。我们且不要骂他背叛，生态，生态，生存之态，谁不想生存在一个好的状态下呢？

正当我嫉妒上帝对这里的垂青，羡慕他们的幸运时，一件事让我心境陡转。开完了会，我脱离了大部队，开始了我一个人的找树之旅，希望能找到一棵有亚热带特点，附载有海南人文历史的古树，好收入我的"人文古树"系列。午饭前我来到陵水县，说明来意。县委麦书记说："我刚来两个月，还不熟悉乡情，不知有没有你要找的树。但两个小时前，这里非法砍倒了两棵大腰果树，我正为这事生气。"说着，他打开手机，给我看砍树现场，还有他当时发出的工作微信指令："速到现场，立即查办！"我说："为什么要砍？""借口清理卫生，整理村容。"腰果，漆树科，原产巴西南纬十度以内地区。它的果实，我只在超市里小包装的食品袋里吃到过，而且大都标明是进口食品。至于腰果树，我走遍祖国南北，甚至别的许多国家，到现在也没能见过是什么样。我苦苦寻找的人文古树还没有找到，却碰到两棵被随意腰斩的稀有的腰果树。连日来我对海岛的美丽印象，顿时成了一堆破碎的泡沫。翠绿的芭蕉叶、鲜艳的火焰花后面竟然藏着锋利的刀斧。有朋自远方来，碰到这种事，不亦尴尬乎？这顿饭谁也吃不进心里。饭后，我提议再到现场看一下，因下午要赶火车去海口，放下筷子便急急上路。大约一个小时的车程，路两边仍然是椰子、芭蕉、三角梅，但我的心头已一片冰凉。

在一个叫高土村的村口，路边横躺着两棵刚被放倒的大树，像两个受伤倒地的壮汉。我验了一下伤口，是先被锯子锯，快断时又一推而倒的，断处还连着撕裂的树皮，似乎还能听到它痛苦的呼喊。树梢被甩到远处的一个水塘旁，树身约有两房之高。同来的林业厅王副厅长大呼："哎呀，这两棵稀有的腰果树是上世纪国家为扭转油料短缺，从巴西引进的，算来至少有三四十年了。"我蹲下身来，用手轻轻抚摸着断茬，还有一点湿气，并散发出淡淡的木香。那一圈圈的年轮，像是在诉说它成长的艰难，和十几个小时前的厄运。它从南纬十度横跨赤道，来到北纬十八度；从美洲远涉重洋来到亚洲。它是我们请来的客人，它负有传递新的生命、传播地域文化、输送资源、改善生态的使命。它在这块陌生的土地上好不容易扎下了根生活了几十年。它已习惯了这里的阳光，这里的雨水，它像一个远嫁他乡，皮肤黝黑、牙齿雪白的巴西女郎，正惊喜地打量着自己的新居，突然五雷轰顶，天旋地转，灾难从天而降。我悲从心来，一阵恐怖。回头打量了一下周边的环境，光天化日，并不像一处杀人越货的野猪林。村民也不知道什么叫森林法，只是木木地说，这树没有什么用，所以就砍掉了。就在几十米开外的地方有一处温泉，水面上飘着一团团的热气，衬着蕉叶、椰林，婷婷袅袅，宛若仙境。我上前用手试了一下水温，足有九十度以上，游人常在这里煮鸡蛋吃。而水下的沙子、石粒清晰可见。完了，完了，温泉映月，名木在岸，又一处永远消失了的美景，永远消失了的乡愁！回程的路上，谁也不想说话，车子里一片沉闷。我问王副厅长："一棵腰果树正常寿命有多长？"答曰："因是引进树种，还正在生长之中，它在国外可活到七百岁。"如此算来，这树正当少年。一棵代表着一个时代、一项国策的树就这样瞬间消失了。树殇啊，国树之殇，国策之殇！

第二天上午，我原定在省里有一场关于新闻文化的讲座，主人坚持改为森林文化。我当记者几十年，骨子里却是个林业发烧友，半生爱树，所经历的树事无数，讲座不敢当，讲几个故事还是有的。我说，一个地方，树木的保护不是靠上面的 一道命令，要靠当地的文化自觉，应该有三道防线。一是法律，国家意识；二是乡规民约，集体约束；三是民间信仰，自觉践行。我在江西采访时曾碰到一个杀猪护树的故事。一个村民不小心，清明节上坟烧纸时燃着了集体的树林，村里就按规矩将他家的肥猪杀掉，按照全村的户数，分为若干等份，开村民大会，每户分得一份，并讲明杀猪分肉的原因，以示教育。这是乡规民约，在当地已有几百年的传统。我的家乡，有一座柏树山，山上有北岳大帝黄飞虎的庙，庙中塑有大帝神像，并地狱轮回的故事。每年庙会人杂，或林边农人耕田，时有毁树。于是主事者就在庙门上以北岳大帝的口吻刻一对联："伐我林木我无言，要汝性命汝难逃"，以后就再也没有人敢折一枝一叶。这是假神道设教，也已有上百年的历史。不要简单地说它是迷信，这是一种信仰，一种生态信仰、自然信仰，敬天悯人。而叫百姓爱树莫若领导先行。黑龙江有一爱树的县委书记，一次他的车过林区，见一树被人折断，便急令停车，与随从人员齐下车脱帽，高喊向树致哀。

我记不清这天讲座时讲了多少个故事，最后说到我的亲历。我大学一毕业就被分配在西北的一个沙漠边缘工作，那里没有几棵树，沙窝里的一点红柳、沙枣、芨芨草、骆驼刺，就能唤起我们心底的微笑。早晨学校里的孩子们没有水洗脸，站成一排，老师拿一小碗水，含在口里，顺着孩子的脸喷一遍，各人用手一抹，就算洗了脸。也许你笑他们不文明，但文明要有条件，你砍树却是有了条件丢了文明。那地方没有热带雨林的雨，没有能题诗的芭蕉叶。不要说种树，春天农民种子落地后就仰天望雨。一次省委书记主持常委会，外面突然落下了雨，他甩开会议人众，推开门，在院里大喊："下雨了，下雨了！"也许你们说这样一个高干不该失态，但你们不知道什么叫缺水，什么叫干旱，到现在你们也体会不到，就在我们开会的同时，北京的机关职员、长安街上的行人，正在雾霾中无奈地挣扎，而这几天巴黎的气候大会上，习近平总书记正代表中国为世界生态苦苦谈判。你们身在福中不知福，身边有树就砍树。不知道这树是为地球村造氧气调生态的，是为国家保存文化的，为家乡留一点乡愁的。我承认那天我是有点激动，有点失态。

　　会后主人为放松情绪，请我去一个香会馆喝茶。香是沉香木的香，茶具桌椅是海南黄花梨，这两件东西都与树有关，都是世界同类中的极品，一克沉香比一克黄金还要贵。而黄花梨是红木家具中的王冠。按照香道流程，主人像新疆人吃大盘鸡那样，将一大盘各种碎块的香料放到桌上，然后用一个特制小刀小心地刮下一点粉末，置于台湾特产的加热杯上，让客人托于鼻下静品其香，数秒后再换一口气。据说在大城市里品一次香，要花上万元。主人用一个小显微镜教我们辨识香的真假好坏，好香在镜下显出银子般的细微结晶。这香是一种叫白木香的树因意外所伤，如人砍、虫咬、风折，在特定气候条件下分泌出的一种保护液，经年累月一点点地积累，就像动物体内的名贵药品牛黄、狗宝，像溶洞里的钟乳石，可遇而不可求。世界上最珍贵的是时间，而这沉香与花梨都是时间的凝聚。海南黄花梨又是世界花梨之最，贵在它树心的"格"，一棵树要到三四十年后才开始有"格"，"格"再长到一指之粗约要七十年。人类之残忍，就是摘取"格"，这一块花梨树的心头肉，来制奢侈品的。

我在景区的一个商店里看到一根比拇指略粗的海南黄花梨拐杖，价值五万七千八百元。不管"香"也好，"格"也好，都是时光的累积，我们在这里喝茶一杯，闻香几秒，忠诚的树木却要无言地在深山老林中为我们修行上百年。人们多知品香用木的尊贵，而不知树生于世的艰难，与它对人类的忠诚。人们大谈香文化、红木文化，却忘了树文化、生态文化，舍其源而求其流。

　　正品着香，喝着茶，有谁说大厅里的电视开了，正直播今天处理砍树事件的新闻。我们一拥而出，只见昨天我去过的现场，两棵卧倒在地的树旁，一群人有森林警察，有村民，有干部，正一起低头向倒树致哀，然后依法办事，将肇事人带走拘留。接着是一篇电视评论，号召在全岛开展爱树、护树，寻找人文古树的活动。大家一时都高兴地跳了起来，以茶代酒，互相庆贺，几个年轻人还唱起了歌。突然有谁提议，我们何不现在就用手机上"面对面"的快捷办法，建一个微信群，名字就叫"我们的树"。于是在经历了这几天的树殇之痛后，在树香的氛围中，我们结下了这一段奇特的树缘，回京后"我们的树"成了一个沟通南北，爱树、护树，寻找人文古树的工作平台。

中国枣王

一

中国是个红枣的国度，占世界红枣产量的百分之九十八。世界红枣看中国，中国红枣看陕北，陕北有个红枣王。

这个王不是自封的，是经联合国正式加冕的。迄今，联合国粮农组织共评定出世界农业遗产地三十六处，中国佳县即是其中之一。但不是稻麦杂粮，而是红枣。正式的桂冠是："全球重要农业遗产体系·中国佳县古枣园"。

佳县有个小村，名泥河沟，村前有座枣园，内有三百年以上的枣树三百三十六株，其中三株已逾千年，更有一株被确认为一千四百年，高八米，要三人合抱，这就是我们要说的枣王。

今年八月我慕名去朝见枣王。正当盛夏，北京酷暑难熬。而泥河沟却浓荫盖野，绿风荡漾。小村前临黄河，后靠群山。一条小支流从深山中蜿蜒而出，临入黄河之时顾盼生辉，绕了六个小弯。每个弯中都揽着数户人家，组成了一个村落，这就是泥河沟村。村前，滔滔黄河奔流而去，岸边起伏的金色山崖点缀着油绿的枣林，黄绿交替，明暗生辉。更远处千沟万壑，奔来眼底，万木葱茏。这里便是枣王的王宫所在。背黄土高原之绿树兮，面大河奔腾之涛声。

枣王雍容大度，体态庞大，主干短粗，拔地而起，如堡垒镇地。由于年深久远，树身由下向上开裂成数股，或宽或窄，都向左绕旋而上，力如拉丝、缠绳。树身上的纹路跌荡起伏，如虎豹、如断崖、如乱云。枣木本来就是暗红色的，树皮撕裂后炸出的细毛，或卷或竖，怒发冲冠。枣王就是一头红毛狮子，卧于园中，不言自重，威风凛凛。令我们这些只不过数十年"人"龄的、细皮嫩肉的高级动物顿生几分敬畏。而主干之上，又顺左旋之势连发出三根大枝，都有水桶之粗。连卷带拧，裹着青枝绿叶，呼啸着向蓝天探去。树下三十多亩的枣林全是它的臣民，前呼后拥，枝繁叶茂，也都在数百年以上。但无论多老的树，在阳光下一律闪烁着油亮的叶片，垂挂着沉甸甸的枣子。这时从河面上吹过来一阵轻风，奔腾往复舞于林下，飘举升降，摇枝弄叶，哗哗作响。快哉，大王之风。

一棵枣树的根可扎到方圆百米之外，任你多么贫瘠、干旱的土地，它都能像雷达扫描一样，搜取石缝、土层中的那一点点的营养、水分。三十年前我当记者时采访过一个枣树研究所，他们在树根下挖了一个很深的剖面，装上玻璃幕墙，观察枣树的生长。那细如蛛网的根系，天罗地网，连观察者都被网入其中。现在，我背依枣王，脚踏大地，想象着这千年古枣园下，该是怎样的一个网络世界。

我第二次去泥河沟，正好是九九重阳节的那一天，秋高气爽。看万山红遍，星星点灯，落枣满地，如红毯迎宾。真的，毫不夸张，主人见有客来，先提一把扫帚，就像冬季扫雪一样扫开落枣，为客人清出一条路来。我来到枣王身下，摘一颗红枣细品着它酸甜绵长的味道，像是咀嚼着一部史书。一千四百年了，它守候在这里，记录着自然和人世的变化。就这样一年一熟，薪火相继，不避风雨。用它的年轮，用它的果实，周而复始地向人们传递着自然和社会的遗传密码。

而当我们踏着红枣铺就的地毯登山一望时，风景又与八月来时大不相同。红枣烂漫，黄河东去。人道是天下黄河九十九道弯，而现在每个弯子的崖缝里都填满了正在晾晒的红枣。大河起舞，红绸飘动，织来绕去。好一幅黄河枣熟图，一派王者之气。

二

　　枣树性坚、木硬、根深、果红，其品质几近完美。由于它是由野生酸枣进化而来，所以还保留了极强的野外生存能力。北方的果树，如桃、李、杏、梨、苹果等，遇有寒冷的年份都会冻死，而枣树却从未有闻。寒冷的冬夜，在枣树下常可听到噼啪的冻裂声，它皮可裂、枝可断，但就是不死。它的木质自带红色，硬而有光泽，制作家具或雕刻工艺品，效果绝佳。小时，我的家乡，村里人常用它做炕沿。人们每天上炕下炕，一副祖传几代的炕沿，蹬坐蹭摸，像红缎子一样闪闪发亮，那是主人家身份的象征。再配上雪白的窗纸、鲜红的窗花、热气腾腾的炉灶，还有炕上的大花被、小炕桌，一幅典型的北方窑洞图。
　　枣树从不占用正规农田，它艰难、倔强地长于沟底塄畔、坡边悬崖。为了自卫，它浑身长刺。枣树身形不直且多裂纹，它不怕风折、雨淋、畜啃，小外伤反而刺激生长。收获时，有枣无枣三竿子。业界称为："体无完肤，枝无尺直。浑身有伤，遍体新枝。"若论外表，它既没有松柏的挺拔，也没有杨柳的柔美。但这种不平、不直，虬曲勾连，浑身是刺，貌不惊人的树却很内秀。它干生嫩枝，枝生"枣股"，股生"枣吊"，渐柔渐美。你单看这一尺来长的枣吊，她柔嫩得简直就是楚王宫里的细腰女子。真不敢相信这是从百年、千年老树上发出的新枝。"枣吊"两边互生着如美人瓜子脸式的叶片。叶面厚实，油绿如翡翠，背面有三道纹线，如美女画眉。这样梳洗打扮一番后，她才开始静心育枣。一到秋季，每个"枣吊"上都会吊着三五颗圆滚滚的果实。像一串串的红灯笼，满山遍野，迎风摇曳。

三

黄河是中华母亲河，红枣就是母亲项链上的宝石。中国原生红枣的分布带基本上是沿着黄河两岸的走向。甘肃、宁夏、陕西、山西、河南、山东，直到入海。当地老百姓说，枣树一听不到黄河的涛声就不好好结枣了。专家解释，是近岸土质适宜，河谷水分恰好。而最宜之处，是黄河中段的晋陕峡谷；晋陕之段，又以沿黄河八十二公里的佳县一段为好。所以枣王上下求索，最后终落户于此。

据史料记载，在陕北一带，三千年前人们就开始种植枣树。古人从野生酸枣中不断地选育优化。繁体汉字的"棗"，就是"棘"字的上下变形。可见枣树本为草莽出身，是从荆棘丛中一步步走来。泥河沟周边的山洼里至今仍有许多高大的酸枣树。有几株已六百年以上。离枣园五里处，有一个名"酸枣塔"的地方，竟有一座人工栽培的古酸枣园。"塔"者，陕北特有地貌，指山地向黄河边的过渡。园中一百七十六棵老酸枣树都已百年以上，合抱之粗。果实有将近山楂那么大。我从来还没有见过这么大、这么甜的酸枣。后带了一把回京，食者惊为神果。因风味独特，籽可入药，它的价格反而是红枣的十倍。

我在佳县上高寨乡还访到一株更老的酸枣树，已有一千三百年，数丈之高，要两人合抱，应是枣王先祖的另一分支，有如类人猿。让人吃惊的是，它秀丽挺拔，树皮细腻，浑身布满平整美丽的网纹，似已修炼成精。树下有巨石，石上多洞，常有白蛇出没。不知从何年起，这树下就有了一座庙，当地人视之为神，年年祭拜。要知道，一般多年生的酸枣，也就只有筷子粗细，而它却成合抱之木。真是山中有佳树，路远人不知，独自在这里默默地为自然、为人类保存着品种基因。由此也可推知，这枣王谱系之纯正，血统之高贵。连《同仁堂志》都有记载："葭（佳）州大红枣，入药治百病。"由酸到甜，由酸枣到红枣，枣树家族相伴人类走过了多么漫长的路程。而现在这份遗产全部集枣王于一身，备案于联合国了。

红枣经世代选育优化，已成各色百态。有水分大的鲜枣，有肉厚的干枣，有小如指肚的蜜枣，有大过一寸的骏枣。小时我家乡的集市上，农民卖枣不带秤，而是腰里掖一把尺子。有人要买时，就将红枣摆于地上，抽尺一量，七颗一尺。你说，要五尺还是一丈？以此来显示枣的个头之大。玩得就这种气派，这个红火。山西黄河边有枣，上小下大，形如茶壶，就名壶瓶枣。宁夏黄河边有一种枣，又大又圆又光，极像一个红色的乒乓球。可当地老乡不这么叫，而名之曰"驴粪蛋"。现在的红枣到底有多少个品种，一般人已很难说清。

四

如果说黄河是民族的乳汁，红枣就是老百姓的干粮。枣树向来有铁杆庄稼之称。春蚕到死丝方尽，枣树千年亦结果。而且它常会给你一个惊喜。不管多老的树，都会突然从粗干糙皮上发出一根嫩条，或在离主根的远处钻出一株小苗，当年就能挂果。民谣："桃三杏四梨五年，枣树当年就还钱。"言其诚恳、勤劳，如山中老农。

枣树好像天生就是为穷人准备的一道生命防线。无论怎样地天打雷轰、风狂雨骤、雪霜加身，红枣从不会绝收。它是如此巧妙地适应了自然。它的花期长达一月有余，东方不亮西方亮，有足够的时间受粉坐果，同时还为蜜蜂提供了最多的打工机会。这在其他果树是几乎没有的。再者枣子熟时，已收罢麦子，既不与粮争劳力，又躲过了雨季。它又最善储存。当丰年时，可蒸为枣馍、枣糕；婚嫁时撒到炕上、被窝里，寓早生贵子，为农家生活增加喜庆。而当年景不好时，可晒干磨成枣面，救荒渡灾。专家考证，秦始皇统一六国时，红枣就作为军粮从军行了。李自成起兵它也曾助一臂之力。远的不说，一九四七年，毛泽东转战陕北，住佳县，缺少军粮。老百姓拿出了全部坚壁清野的存粮，这其中就有相当数量的红枣炒面。那天，也是九九重阳这个日子，毛泽东正饿着肚子熬夜工作。房东无他，掀开门帘，送来一碗红枣。第二天，警卫员收拾房间。小炕桌上一堆烟头，一堆枣核，还有一篇瀚墨淋漓的雄文《中国人民解放军宣言》。这在《毛泽东年谱》中有载。改朝换代，拥军佑民，这红枣是立了大功的。当地的红枣专家说，你看这枣，花是金黄色的，呈五角形；果是鲜红色的，红得如血。这不就是共和国国旗的元素吗？它应该选为国树。

历史翻过了一页，现在当然不会以枣代粮充饥了。但它在黄河两岸飘起了千里红绸，随大河上下，起舞不休，红遍了半个中国。红枣已经成了一道旅游的风景，也成了游人心中的中国符号。

所以，联合国就在这个风景最佳处封了一个枣王。

乌粱素海，带伤的美丽

　　假如让你欣赏一位带伤流血的美人，那是一种怎样的尴尬。四十年后，当我重回内蒙古乌粱素海时，遇到的就是这种难堪。

　　乌粱素海在内蒙古河套地区东边的乌拉山下。四十年前我大学刚毕业时曾在这里当记者。叫"海"，实际上是一个湖，当地人称湖为海子，乌粱素海是"红柳海"的意思。红柳是当地的一种耐沙、耐碱的野生灌木。单听这名字，就有几分原生态的味道。而且这"海"确实很大，历史上最大时有一千二百多平方公里，是地球上同纬度的最大淡水湖。

　　那时我还没有见过真正的大海，每当车行湖边，但见烟水茫茫，霞光潋滟。翠绿的芦苇，在岸边小心地勾起一道绿线，微风吹过，这绿线就起伏着舞动开去，如一首天堂里的乐曲。湖里的水鸟，鸥、鹭、鸭、雁、雀等就竟先起舞，或掠过水波，或猛扎水中，浪花轻溅，像有一只无形的手在弹拨着水面。而水中的鱼儿好像急不可耐，等不到水鸟来抓它，就自动倏地一下跳出水面，闪过一个个白点，像是五线谱上跳动的音符。这时走在湖边，心头会突然涌起那已忘却多时的优美文章，什么"落霞与孤鹜齐飞，秋水共长天一色"，什么"沙鸥翔集，锦鳞游泳，岸芷汀兰，郁郁青青"，我知道从来不是好文章写出了真美景，而是真美景成就了好文章。乌梁素海就是这样一篇写在北国大地上的锦绣文章。每当船行湖上时，我最喜欢看深不可测的碧绿碧绿的水面，看船尾激起的雪白浪花，还有贴着船帮游戏的鲤鱼。而黄昏降临，远处的乌拉山就会勾出一条暗黑色的曲线，如油画上见过的奔突的海岸，当时我真觉得这就是大海了。

那时，"文革"还未结束，市场上物资供应还比较匮乏，城里人一年也尝不到几次肉，但这海子边的人吃鱼就如吃米饭一样平常。赶上冬天凿开冰洞捕鱼，鱼闻声而来，密聚不散，插进一根木杆都不会倒。那个岁月时兴开"学习毛主席著作讲用会"，有一次我们整理材料，在河套各县从西向东采访，很辛苦，伙食也没有什么油水。乌梁素海是最后一站，还有好几天，大家就盼望着到那里去解馋。到达的当晚，我们果然吃到了鱼，而这种吃法，为我平生第一次所见。每人一大碗堆得冒尖的大鱼块，就像村里人捧着大碗蹲在大门口吃饭一样，这给我留下永久的记忆，当时的鱼才五分钱一斤。以后走南闯北，阅历虽多，但无论是在我国南方的鱼米之乡还是在国外以海产为主的国家，再也没有碰到过这种吃法，再也没有过这样的享受。那时，每当外地人一来到河套，主人就说："去看看我们的乌梁素海！"眼里放着亮光，脸上掩饰不住的骄傲。

这次我们真的又来看乌梁素海了，是水务部门的特别邀请，但不是为看海的美丽，而是来参加会诊的，来看它的伤口。

七月的阳光一片灿烂，我们乘一条小船驶入湖面，为了能更有效地翻动历史的篇章，主人还请了一些已退休的老"海民"，与我们同游同忆。船中间的小桌上摆着河套西瓜、葵花籽，还有油炸的小鱼，只有寸许来长。主人说，实在对不起，现在海子里最大的鱼，也不过如此了。我顿觉心情沉重。坐在我对面的王家祥，原乌梁素海渔场的工会主席，他说："那时打鱼，是用麻绳结的大眼网。三斤以下的都不要，开着七十吨的三桅大帆船进海子，一网十万斤，最多时年产五百万吨。打上鱼就用这湖水直接煮，那才叫鲜呢。现在，这水你喝一口准拉肚子。"（不知是否为验证他的话，当天下午，我们一行中就有俩人拉肚子，而不能正常采访了。）当年的兵团知青、退休干部于秉义说，上世纪七十年代时，这里随便打一处井，七米深，就自动往上喷水。水务公司的秦董事长在一旁补充："到九十年代已是三十米深才能见水；到二〇〇七年，要一百二十米才见水，十五年水位下降了九十米，年均六米。"

海上泛轻舟，本来是轻松惬意的事，可是今天我们却无论如何也轻松不起来，这应了李清照的那句词："只恐双溪舴艋舟，载不动许多愁。"我们今天坐的船真的由过去的七十吨三桅大船退化成像一只舴艋似的舴艋小舟。河套灌区是我国三大自流灌区之一。黄河自宁夏一入内蒙古境内，便开始滋润这八百里土地，经过总干、干、分干、支、斗、农、毛七级灌水渠道，流入田间，又再依次经总排干、排干等七级排水沟，将水退到乌梁素海，在这里沉淀缓冲后，再退入黄河。所以，这海子是河套平原的"肾"，首先起储水排水的作用。同时，又是河套的"肺"，它云蒸雾霭，吐纳水汽，调节气候，所以才有八百里平原的旱涝保收，才有北面乌拉山著名的国家级森林保护区的美景。但是，近几十年来人口增加，工厂增多，农田里化肥农药增施，而进入湖中的水量却急剧减少，水质下滑。你想，排进湖里的这些水是什么水啊？就是将八百里平原浇了一遍的脏水。河套农田每年施用农药一千五百吨，化肥五十万吨，进入乌梁素海的工业及生活污水三千五百万吨，这些都要洗到湖里来啊。当地人说，乌梁素海已经由河套平原的肾和肺，退化为一个"尿盆子"了。这话虽然难听，但很形象，也很警人。

在船舱里坐着，听大家叙往事，说今昔，虽清风拂面，还是拂不去心头的一怀愁绪，我便到后甲板散步。只见偌大的湖面上，用竹竿标出二三十米宽的一条水道，我们的这个"舴艋"小舟只能在两杆之间小心地穿行。原来，湖面的水深已由当年的平均四十米，降为不足一米，要行船，就只好单挖一条行船沟。我再看船尾翻起的浪，已不是雪白的浪花，而是黄中带黑，像一条刚翻起的犁沟。半腐半活的水草，如一团团乱麻在水面上荡来荡去，再也找不见往日的碧绿，更不用说什么清澈见鱼了。乌海难道真的应了它的名字，成了乌黑的海、污浊的海？只有芦苇发疯似的长，重重叠叠，吞食着水面。主管农水的李市长说，这不是好现象，典型的水质富营养化，草盛无鱼，恶性循环。

现在如果你不知内情，远眺水面，芦苇还是一样的绿，天空还是一样的蓝，水鸟还是一样的飞，猛一看好像无多变化。可有谁知道这乌梁素海内心的伤痛。她是林黛玉，两颊微红，弱不禁风，已经是一个病美人了，是在强装笑颜、强支病体迎远客。我举目望去，远处的岸边有些红绿房子，泊了些小游船，在兜揽游客。船边地摊上叫卖着油炸小鱼，船上高声放着流行歌曲。不知为什么，我一下想起那句古诗："商女不知亡国恨，隔江犹唱《后庭花》。"

中午饭就在岸边的招待所里吃。俗话说，无酒不成席，而在内蒙古还要加上一句"无歌不成宴"。乐声响起，第一支歌就是《美丽的乌梁素海》。歌手是一位漂亮的蒙古族姑娘，旋律婉转，琴声悠扬，只是听不清歌词。歌罢，我请歌手重新念一遍歌词，她顿时有几分不自然。李市长出来解围说："不好意思，这还是当年的旧歌词，和现在的实景已经远不相符了。"我说："不怕，我们随便听听。"她就念道："乌梁素海美，美就美在乌梁素海的水。滩头芦苇密，水中鱼儿肥，点点白帆伴渔歌，水鸟空中飞。夜来泛舟苇塘荡，胜游漓江水，暖风吹绿一湖水，船入迷津人忘归。"

刚才人们还沉静在美丽的旋律中，她这一念倒像戳破了一层华丽的包装。现在水何绿？鱼何肥？帆何见？怎比漓江水？顿时满场陷入片刻的沉默与尴尬，主客皆停箸歇杯，一时无言。客中只有我一人是当年从这里走出去的，四十年后重返旧地，算是亦客亦主。便连忙打破沉默说："是有点找不到这歌词里的影子了。这次回来我发现，四十年来在这块土地上已消失了不少东西。老李、老秦你们还记得三白瓜吗？白籽、白皮、白瓤，吃一口，上下唇就让蜜糊住了；还有冬瓜，有枕头大，专门放到冬天等过年时吃，用手轻轻一拍，都能看到里面蜜汁的流动；糜子米，当年河套人的主食米，煮粥一层油，香飘口水流。现在都一去不回了。"我这几句解嘲的话，又引来主人一阵欷歔。他们说，都是化肥、农药、人多惹的祸。

乌梁素海啊，过去多么绰约多姿健康美丽，而现在这样的苍老，这样的伤痕累累。但就是这样的病体，它还在承担着难以想象的重负：每年要给黄河补充一点三亿方的下游水；给天空补充三点六亿方的气候调节水；给大地补充六千万方的地下水。可是它自己补进来的只有四亿立方溶进了化肥、农药、盐碱的排灌水。入不敷出，强它所难啊！它得的是综合疲劳症，是在以疲弱之躯勉强地支撑危局，为人们尽最后的一丝气力。李市长说，如不紧急施救，它将在数十年内如罗布泊那样彻底干涸。现在设想的办法是，在黄河上引一专用水开渠，于春天凌汛期水有多余时，给它补水输血。大家听得频频点头，都忘了吃饭。正说着，主人忽觉不妥，忙说："不要这样沉重，办法总会有的，饭还是要吃，歌还是要唱的。"于是，乐声又轻轻响起。歌声中又见青山、绿水、帆白、鱼肥。

受伤的乌梁素海，我们祈祷着你快一点康复，快一点找回昨日的美丽。

这里有一座古树养老院

　　万物平等，物竞天择。树有生的权力，也有生存的能力。只要有土、有水、有阳光，树木就生长，就繁衍。专家说每一平方米土壤中就有上万粒植物的种子，每一棵树下能共生一百五十种植物。它们为大地所厚爱，为雨露所滋润，在阳光下成长。

　　但是树却常为人所抛弃。本来人类是从森林中走来，森林是人的家。遗憾的是，正如社会上有对老人的虐待，也有对老树、古树的遗弃。所幸，爱心不绝，在我对古树的探访中，竟意外地发现了一处古树养老院。园子的主人叫王相泽，是烟台市莱山区的一名企业家。他生在农村，小时家有大树，粗如圆桌，绿荫满院。那是童年最美好的记忆，也种下了永远的爱树情结。他大慈大悲，爱吾老以及树之老，企业稍有余钱便开始收养古树。那天在园子里，我边走边听他讲救死扶伤收养古树的故事。

十八年前的一天，他到外地出差，车子在公路上走，远处正在开山取石，山上隐隐有树。他就绕路来到山下，一棵从未见过的大树有合抱之粗，满树白花，灿若霜雪，屹立于石崖之畔。那粗壮的老根如老人青筋暴突的手指，正顽强地插入石缝，抓住每一处可借力存身的石块。但是脚下炮声隆隆，烟尘已经淹上树身，窒息着它的绿叶白花。眼看就要地动山摇，扑身倒地。此地名黄巢关，据传当年黄巢起义曾驻兵于此，还在树上拴过马。王相泽上去说："反正你们要开山，这棵树也存不住了，不如卖给我。"结果他花了六千元把树带回了家。后来一查，是棵毛梾树，山茱萸科，果可榨油，木质极硬，传说孔子周游列国时就用这树做车梁，所以又名车梁木。现在这棵老树就舒舒服服地挺立在园中的一个小坡上，正时交六月，序属初夏，满树白花笑得十分灿烂。老王收树有几条规矩。一不收山上野生的大树，二不收正常生长的树，三不收小树。反正一个原则：不干预树的正常生活。他只扶孤助老，做绿色慈善。

人总是看重现实的物质利益，而树却不同，它除了供人物质享受外，还帮人记录历史、寄托精神。可惜我们目光太浅，只讲实用，对树用之则植，不用则弃。园中有一棵柿子树十分惹眼，浑身堆满大大小小的疙瘩，像一个长满老年斑的老人。它来自陕西，树上的瘤体是一种病，主人早已将它遗弃。老王收来后仔细调理，现在树头已发出五尺长的新枝，去年又重新结果，挂满了一树的红灯笼。疙瘩树身倒显得更加古拙可爱。在园子里我看到一棵刚移来的老槐，根下一抔新土，通身还缠着保湿的薄膜，但是树顶已绽出嫩绿的新枝。老王说："附近有个社区正在改造，我四年前就盯上这棵树了，十五米高，通体溜直，这在刺槐中实在少见。你看，刚到，还没挂牌呢。"这园中的每一棵树都有一块身份牌，注明树名、科属、树龄、何年何月移自何处。

　　王相泽的爱树之心早已超出市界、省界，名声在外，于是常有热心人来给他通报树情。一次某司机告他某村有遗弃之树，他急去察访。只见一处院内有两棵三百年的老紫薇，墙颓草长，满目荒凉。一棵已经枯死，还有的一棵也被垃圾埋到半腰，奄奄一息。经辨认树下废弃的井台和井石上的刻字，知道这是一处高家的旧祠堂。但现在村里已无一人姓高，高家祖上早不知迁居何处。他找到村委会，谈好三千元的价格。他人和树还未离村，就听见村主任在大喇叭上喊话："各家派人到村委会来领钱，每户十元。"这真是物有其值，所见不同。紫薇，又名百日红，杆粉白，叶翠绿，花朵繁密，娇红明艳，百日不谢，向为名花奇树。现在这棵紫薇成了老王的镇园之宝。每有客来必领至树下，奇树共欣赏，花好相与析。

在园中看树是一道风景，听老王讲育树经更是一种享受。他说移树最怕露根透气，所以每移之时必先将树根蘸满泥沙各半的糊浆，再小心培土。对有的树则要在外围斩根一次，如是三年，为的是刺激新根的生长。别人移大树要剃树冠，他却尽量不剃，免伤元气。他指给我看两行对比的樱花树，那剃过头的竟十年不长，愈来愈瘦。但柳树移栽时则必须剃头。那年他从福建漳州买得两棵大榕树，时已入冬，车进山东界已飘起小雪。到家后他急挖一暖窖暂埋，唯留少许枝叶透气，又放进一个电热器加热。一过年就为它建了个二十米高的保温大棚。现在这榕树气根如林，枝繁叶茂，一派南国风光。

我一生不知看过多少天然林、人工林、植物园，但还从未见过这样一座古树养老院。园内约有五百多棵古树，有来自河南的乌桕、安徽的黄连、山西的皂角、陕西的苦楝、山东的木瓜……每棵树都是一本大书，在诉说着不同的经历。有一棵古槐交了钱正要拉树走人，老太太追了出来，说当年孙女有病，是在这树下烧香救命的，死活不放树走。有一棵树运来时在半路上受到刁难，他去找当地领导说情，这位领导反大受教育，下令加速绿化，保护古树，老树再不得出境。凡来到这里的树或因修路，或因城建，或因兄弟分家，或因迁坟，各有各的故事。它们虽然都是被逼无奈，远走他乡，但来时都不忘随身带了自己的身份证——年轮，这是数百年来的活记录啊，是一部中国生态史、文化史。老王爱树，但并不小气。区里要建一座三千亩的大植物园，老王说，没有古树算什么植物园，顶多是个大苗圃，他张口就捐出了一百〇八棵古树。他爱吾园以及人之园，要让树文化普及，让更多的人爱树。

这个园子，我头天去了一次没有看够。第二天又去了一次，用手摸，用身子抱，用脸贴。我想如果黄巢地下有知，那迁居远走的高家有知，那些分家卖树的弟兄有悟，那些扩城砍树的主政者们醒来，都能到这个园子里来走一走，他们一定会感恩老王在遥远的地方为他们本乡本族存了绵绵一脉。我能体会到老王的对树的那一种爱。

梁思成落户大同

当北京正在为拆掉梁思成、林徽因故居而弄得沸沸扬扬满城风雨时，山西大同却悄悄地落成一座梁思成纪念馆。这是我知道的国内第一座关于他的纪念馆，没有出现在他拼死保护的古都北京，也没有出现在他的祖籍广东，却坐落在塞外古城大同。我当时听到这件事不觉大奇，主持城建的耿彦波市长却静静地回答说："这有两个原因，一是三十年代梁先生即来大同考察，为古城留下许多宝贵资料，这次古城重建全赖他当年的文字和图录；二是解放初梁先生提出将北京新旧城分开建设以保护古都的方案，惜未能实现。六十多年后，大同重建正是用的这个思路。"大同人厚道，古城重建工程还未完工，便先在东城墙下为先生安了一座住宅。开馆半年，参观者已过三万人。

梁思成是古建专家，但更不如说他是古城专家、古城墙专家。他后半生的命运是与古城、古城墙连在一起的。一九四九年初解放军攻城的炮声传到了清华园，他不为食忧，不为命忧，却为身边的这座古城北平担忧。一夜有两位神秘人物来访，是解放军派来的，手持一张北平城区图，诚意相求，请他将城内的文物古迹标出，以免为炮火所伤。从来改朝换代一把火啊，项羽烧阿房，黄巢烧长安，哪有未攻城先保城的呢？仁者之师啊，他激动得说不出话来，标图的手在颤抖。这是他一生最难忘的一幕。

中国有世界上最古老的房子，却没有留下怎么盖房的文字。一代一代，匠人们口手相传地盖着宏伟的宫殿和辉煌的庙宇，诗人们笔墨相续，歌颂着雕栏玉砌，却不知道祖先留下的这些宝贝是怎么样造就的。梁思成说："独是建筑，数千年来，完全在技工匠师之手。其艺术表现大多数是不自觉的师承及演变之结果。这个同欧洲文艺复兴以前的建筑情形相似。这些无名匠师，虽在实物上为世界留下许多伟大奇迹，在理论上却未为自己或其创造留下解析或夸耀。"如何发扬光大我民族建筑技艺之特点，在以往都是无名匠师不自觉的贡献，今后却要成为近代建筑师的责任了。直到上世纪二十年代末，国内发现了一本宋版的《营造法式》，但人们不懂它在说些什么。大学者梁启超隐约觉得这是一把开启古建之门的钥匙，便把它寄给在美国学建筑的儿子梁思成，希望他能向洪荒中开出一片新天地。梁思成像读天书、破密码一样，终于弄懂这是一本古代讲建筑结构和方法的图书。

纸上得来终觉浅，他从欧美留学回来便一头扎进实地考察之中。那时的中国兵荒马乱，梁带着他美丽的妻子林徽因和几个助手跑遍了河北、山西的古城和古庙。山西北部为佛教西来传入中原时的驻足之地，庙宇建筑、雕塑壁画等保存丰富；又是北方游牧民族定居、建都之地，城建规模宏大。上世纪三十年代，西方科学研究的"田野调查"之法刚刚引进，这里就成为中国第一代古建研究人的理想实验田。一九三三年九月六日，梁思成、林徽因一行来到大同，下午即开始调查测量华严寺，接着又对云冈、善化寺进行详细考察，十七日后又往附近的应县木塔、恒山悬空寺调查。再后来，梁、林又专门去了一次五台山，直到卢沟桥的炮声响起他们才撤回北平。因为有梁思成的到来，这些上千年的殿堂才首次有现代照相机、经纬仪等设备为其量身造影。在纪念馆里我们看到了梁思成满面风尘爬在大梁上的情景，也看到了秀发披肩、系着一条大工作围裙的林徽因正双手叉腰，专注地仰望着一尊有她三倍之高的彩塑大佛，这就是他们当时的工作。幸亏抢在日本人占领之前，这次测量留下了许多宝贵资料。以后许多文物即毁在侵略者的炮火下。抗战八年，他们到处流浪，丢钱丢物也不肯丢掉这批宝贵资料，终于在四川长江边一个叫李庄的小镇上完成了中国古建研究的重要成果，也成就了梁、林在中国建筑史上的地位。

现在纪念馆的墙上和橱窗里还有梁、林当年为大同所绘的古建图，严格的尺寸、详尽的数据、漂亮的线条，还有石窟中那许多婀娜灵动的飞天。真不知道当时在蛛网如织、蝙蝠横飞、积土盈寸的大殿里，在昏暗的油灯下，在简陋的旅舍里，他们是怎样完成这些开山之作的。这些资料不只是为大同留下了记录，也为研究中国建筑艺术提供了依据。

一九四九年新中国成立，饱受战乱之苦又饱览古建之学的梁思成极为兴奋。他想得很远，九月开国前夕，他即上书北平市长聂荣臻将军，说自己"对于整个北平建设及其对于今后数十百年影响之极度关心"，"人民的首都在开始建设时必须'慎始'"，要严格规划，不要"铸成难以矫正的错误"。他头脑里想得最多的是怎样保存北京这座古城。当时保护文物的概念已有，但是，把整座城完好保存，不破坏它的结构布局，不损失城墙、城楼、民居这些基本元素，这却是梁思成首次提出。他曾经设想为完整保留北京古城，在其西边再另辟新城以应首都的工作和生活之需；他又设想在城墙上开辟遗址公园，"城墙上面，平均宽度约十米以上，可以砌花池，栽植丁香、蔷薇一类的灌木，或铺些草地，种植草花，再安放些园椅。夏季黄昏，可供数十万人纳凉游息。秋高气爽的时节，登高远眺，俯视全城，西北苍苍的西山，东南无际的平原，居住于城市的人民可以这样接近大自然，胸襟壮阔；还有城楼角楼等可以辟为陈列馆、阅览室、茶点铺。这样一带环城的文娱圈、环城立体公园，是全世界独一无二的"。你看，他的论文和建议，也这样富有文采，可知其人是多么纯真浪漫，这就是民国一代学人的遗风。现在我们在纪念馆里还可以看到他当年手绘的城头公园效果图。但是他的这个思想太超前了，不但与新中国翻身后建设的狂热格格不入，就是当时比较发达、正亟待从战火中复苏的伦敦、莫斯科、华沙等都市也无法接受。其时世界各国都在忙于清理战争垃圾，重建新城。刚解放的北京竟清理出三十四点九万吨垃圾、六十一万吨大粪，人们恨不能将这座旧城一锹挖去，他的这些理想也就只能是停留在建议中和图纸上了。新中国成立后的十多年间，北京今天拆一座城楼，明天拆一段城墙。每当他听到轰然倒塌的声响，或者锹镐拆墙的咔嚓声，他就痛苦得无处可逃。他说拆一座门楼是挖他的心，拆一层城墙是剥他的皮。诚如他在给聂荣臻的信里所言，他想的是"今后数十百年"的事啊。向来，知识分子的工作就不是处置现实，而是探寻规律，预示未来。他们是先知先觉，先人之忧，先国之忧。所以也就有了超出众人，超出时代的孤独，有了心忧天下而不为人识的悲伤。

一九六五年，他率中国建筑代表团赴巴黎出席世界建筑师大会，这时许多名城如伦敦、莫斯科、罗马在战后重建中都有了拆毁古迹的教训，法国也正在热烈争论巴黎古城的毁与存。会议期间法国终于通过了保护巴黎古城另建新区的方案。而这时比巴黎更古老的北京却开始大规模地拆毁城墙。消息传来，他当即病倒。回国途中他神志恍惚，如有所失，过莫斯科时在中国大使馆小住，他找到一本《矛盾论》，把自己关在房子里苦读数遍，在字里行间寻找着，希望能排解心中的矛盾。一年后，"文革"爆发，北京开始修地铁，而地铁选线就正在古城墙之下，好像专门要矫枉过正，要惩罚保护，要给梁思成这些"城墙保皇派"一点颜色看，硬是推其墙、毁其城、刨其根，再入地百米，铺上铁轨，拉进机车，终日让隆隆的火车去震扰那千年的古城之根。这正合了"文革"中最流行的一句革命口号，"打翻在地，再踏上一只脚"，算是挖了古城北京的祖坟。记得那几年我正在北京西郊读书，每次进出城都是在西直门城楼下的公交车站换车，总要不由仰望一会儿那巍峨的城楼和翘动的飞檐。如果赶在黄昏时刻那夕阳中的剪影，总叫你心中升起一阵莫名的感动。但到毕业那年，楼去墙毁，沟壑纵横，黄土漫天。而这时梁思成早已被赶出清华园，经过无数次的批斗，然后被塞进旧城一个胡同的阴暗小屋里，忍受着冬日的寒风和疾病的折磨，直到一九七二年去世。辛弃疾晚年怀才不遇，报国无门，他曾自嘲自己的姓氏不好，"艰辛做就，悲辛滋味，总是辛酸、辛苦"。梁先生是熟悉宋词的，他晚年在这间房子里一定也联想到自己的姓氏，真是凄凉做就，悲凉滋味，凉得叫他彻心彻骨。这是他在这个生活、工作，并拼命为之保护的城市里的最后一个住所，就是这样一间旧房也还是租来的。我们伟大的建筑学家，研究了中国古往今来所有的房子，终身以他的智慧和生命来保护整座北京城，但是他一生从没有一间属于自己的房子。

今天我站在新落成的大同古城墙上，想起林徽因当年劝北京市领导人的一句话："你们现在可以拆毁古城，将来觉悟了也可以重修古城，但真城永去，留下的只不过是一件人造古董。"我们现在就正处在这种无奈和尴尬之中。但是重修总是比抛弃好，毕竟我们还没有忘记历史，在经历了痛苦的反思后又重续文明。现在的城市早已没有城墙，有城墙的城市是古代社会的缩影，城墙上的每一块砖都保留着那个时代的信息和文化基因。每一个有文化的民族都懂得爱护自己的古城犹如爱护自己身上的皮肤。我看过南京的明城墙，墙缝里长着百年老树，城砖上刻有当年制砖人的名字，而缘砖缝生长的小树根竟将这个我们不相识的古人拓印下来，他生命的信息融入了这棵绿树，就这样一直伴随着改朝换代的风雨走到我们的面前。我想当初如果听了梁先生的话，北京那四十公里长的古城墙，还有十多座巍峨的城楼，至今还会完好保存。我们爬上北京的城楼能从中读出多少感人的故事，听到多少历史的回声。现在我只能在大同城头发思古之幽情和表示对梁先生的敬意了。

我手抚城墙，城内的华严寺、善化寺近在咫尺，那不是假古董，而是真正的辽、宋古建文物，是《营造法式》书中的实物。寺内的佛像至今还保存完整，栩栩如生。他们见证了当年梁先生的考察，也见证了近年来这座古城的新生。抚着大同的城墙我又想起在日本参观过的奈良古城，梁思成是在日本出生的，其时他的父亲梁启超正流亡日本。日本人民也世代不会忘记他的大恩。"二战"后期盟国开始对日本本土大规模轰炸,有一百九十九座城市被毁,九成建筑物被夷为平地,这时梁先生以古建专家的身份挺身而出,劝阻美军轰炸机机下留情,终于保住了最具有日本文化特色的奈良古城。三十年后这座城市被联合国宣布为世界文化遗产,她保有了全日本十分之一的文物。梁思成是为全人类的文化而生的,他超越民族,超越时空。这样想来,他的纪念馆无论是在古都北京还是在塞外大同都是一样的,人们对他的爱、对他的纪念,也是超越地域、超越时空的。

我手抚这似古而新的城墙垛口,远眺古城内外,在心中哦吟着这样的句子:大同之城,世界大同。哲人之爱,无复西东。古城巍巍,朔风阵阵。先生安矣!在天之魂。

青山不老

　　《三国演义》上有一个故事，写庞德与关羽决战，身后抬着一具棺材，以示此行你死我活，就是我死了也没什么了不起，埋了就是，真一副堂堂男子汉大丈夫的气概。这种气概大约只有战争中才能表现出来，只有在书本上才能见到。但是当我在一个小山沟里遇到一位无名老者时，我却比读这段《三国演义》还要激动。

　　窗外是参天的杨柳。院子在沟里，山上全是树，所以我们盘腿坐在土炕上谈话就如坐在船上，四围全是绿色的波浪，风一吹，树梢卷过涛声，叶间闪着粼粼的波。

　　但是我知道这条山沟以外的大环境，这是中国的晋西北，是西伯利亚大风常来肆虐的地方，是干旱、霜冻、沙暴等一切与生命作对的怪物盘踞之地。过去，这里风吹沙起能一直埋到城头，县志载："风大作时，能逆吹牛马使倒行，或擎之高二三丈而坠。"可是就在如此险恶的地方，我对面的这个手端一杆旱烟的瘦小老头，他竟创造了这块绿洲。

我还知道这个院子里的小环境。一排三间房，就剩下老者一人，还有他的棺材，那棺材就停在与他一墙之隔的东屋里。老人每天早晨起来抓把柴煮饭，带上干粮扛上锹进沟上山，晚上回来，吃过饭，抽袋烟睡觉。他是在六十五岁时组织了七位老汉开始治理这条沟的，现在已有五人离世，却已绿满沟坡。他现在已八十一岁，他知道终有一天早晨他会爬不起来，所以那边准备了棺材。他可敬的老伴，与他风雨同舟一生，也是在一天他栽树回来时，静静地躺在炕上过世了。他没有儿子，只有一个女儿在城里工作，三番五次地回来接他出去享清福，他不走。他觉得自己生命的价值就是种树，那边的棺材就是这价值结束时的归宿。他敲着旱烟锅不紧不慢地说着，村干部在旁边恭敬地补充着……十五年啊，绿化了八条沟，造了七条防风林带，三千七百亩林网。去年冬天一次就从林业收入中资助村民每户买了一台电视机，这是一个多么了不起的奇迹！但他还不满意，还有宏伟设想，还要栽树，直到他爬不动为止。

我们就在这样的环境中谈话，像是站在生死边界上的谈天，但又是这样随便。主人像数家里的锅碗那样数着东沟西坡的树，又拍拍那堵墙开个玩笑，吸口烟……我还从没有经历过这样的采访。

在屋里说完话，老人陪我们到沟里去看树。杨树、柳树，如臂如股，劲挺在山洼山腰。看不见它们的根，山洪涌下的泥埋住了树的下半截，树却勇敢地顶住了它的凶猛。这山已失去了原来的坡形，而依着一层层的树形成一层层的梯，老人说："这树根下的淤泥也有两米厚，都是好土啊！"是的，保住了这些黄土，我们才有这绿树；有了这绿树，我们才守住了这片土。

看完树，我们在村口道别，老人拄着拐，慢慢迈进他那个绿风荡荡的小院。我不知怎么一下又想到那具棺材，不觉鼻子一酸，也许老人进去就再出不来。作为政治家的周恩来在病床上还批阅文件，作为科学家的华罗庚在讲台上与世人告别，作为一个山野老农，他就这样来实现自己的价值。一个人如果将自己的生命注入一种事业，那么生与死便不再有什么界限。他活着已经将自己的生命转化为另一样东西，他死了，这东西还永恒地存在。他是真正与山川共存，与日月同辉了。达尔文和爱因斯坦都说过，生死于他们无所谓了，因为他们所要发现的都已发现。老人是这样的坦然，因为他的生命已转化为一座青山。

老人姓高，名富。这个普通的人让我领悟了一个伟大的哲理：青山是不会老的。

节的联想

　　中国人的习惯，不出正月都算过年，叫过大年。"年"是春节，是一年中最大的节，就特别给它一个月的地盘。于是我就想到年和节有什么不同，比如正月里就还有元宵节，还有更小的立春、雨水等被称为"节气"的节。

　　节者，接也。事物都不可能一帆风顺直线前进。都是有节有序，走走停停，接力而行。节是一个运动着的概念。这首先是宇宙运行的规律，地球绕太阳公转一圈，因所处位置不同，就分出二十四个节气。从春到冬节节递进，就这样走过了一年。人的成长也有"节"，从孩童时节、学生时节、工作时节，直到退休后的晚年时节，所以社会规定了儿童节、青年节、老人节，从小到老就这样一节一节度过了一生。植物的生长也有"节"，最典型的是竹子，竹管中空外直，美则美矣，但每隔尺许必得有一停顿，然后接着长，是为一节，如果一直到顶，就不成材，就不堪为用。务过农的人都知道玉米拔节，夏季的夜晚浇过一场透水，你在玉米地旁听吧，噼啪作响，那是田野里生命的交响。无论有生命的还是无生命的事物都是接续前进，走过一节，再拔一节，这是一个生命动态的过程。

节者，结也。古人在无文字之前就发明了结绳记事。顺顺溜溜的绳子上打了一个结，必是有事要记住，平平常常的日子里规定了一个节日，必是有事值得纪念。节，是一个时间的概念。值得纪念的有好事也有坏事，好事如"五四"青年学生反帝纪念日、"8·15"日寇投降纪念日、"十一"国庆纪念日等。坏事如"七七事变"纪念日、"南京大屠杀"纪念日等。不过我们常把好事称节日，坏事称纪念日。就是对一个伟人，人们也是既记住他的生日，也记住他的忌日。好事纪念，是为发扬光大，要庆要贺；坏事不忘，是为警惕小心，要常思常想。郭沫若就写过著名的《甲申三百年祭》，前事不忘，后事之师。人生、社会只有在好坏反正的对立斗争中才能前行。节是一个社会运行中的坐标。一个国家规定国庆节，是让国民知道立国不易，忘了国庆日就是忘国；一个民族用最典型的风俗礼习来过自己的节，是提醒同胞不要忘祖。中国人把阴历七月十五定为鬼节，外国人有亡灵节，是要生者不忘掉死者。节，是在时间的长绳上打了几个结，叫我们一步一回头，积累过去，创造未来。

节者，截也。它专截取生活中最有意义的日子，再以这日子为旗帜，去选择截取一定的地域、一定的人群，从而强化生活中不同的个性。你看各国、各民族都有自己的节。青年人有青年节，老年人有老年节，妇女有妇女节，基督徒有自己的圣诞节，连最自私的情人们也要为自己规定一个情人节。这节还是拦截人们感情的闸门。你看春节那返乡的人流如潮如海，元宵、中秋、重阳，无论哪一个节都是在开启人们的某一种思绪。节有最小者是每个人自己的生日，最大者是全地球每三百六十五天过一个元旦节，而火星则每六百八十六天过一个元旦节。我有时突发奇想，现在人们还没有找到宇宙大爆炸诞生的那一日，如果找到了那一天，又找到了外星人，大家同庆宇宙的元旦节，不知会是什么样子。这样想来，节又是一个划分空间的概念。此节与彼节可以有关，也可无关。而当最多的人同时关注一个节日时，那就是最大范围的大同。当一个人被写入一个节日时，他就有了最高的威望，如伟人的生日总是被列为纪念日。

知道了节是生命的过程，我们就会格外地珍惜它。要节节而进，奋勇而行，谨守人生之节、人格之节。节既是时间的概念，就在提醒我们生命的流失，我在一篇文章里曾发问，是谁发明了"年"这个东西，直将我们的生命寸寸地剁去。我们一方面要节约生命，勿使岁月空度；另一方面又承认节序难违，不要强挽流水，而是重在享受生命的过程。节又是一个空间的概念，我们都知道这个世界上有多少人群、多少民族、多少个国家和组织就有多少个节日，有多少人就有多少个生日。它提醒我们"喜吾节以及人之节"，每当节日来临时不要忘了相互庆贺，邻国国庆要发个贺电，亲友过节要送束鲜花，老人记着儿童节，青年人不要忘了父亲节、母亲节和重阳节。节是我们在这个世界上互相联系的纽带，是一个爱的纽结。

想明白了以上的意思，我们就天天都在过节，天天都在为别人祝福和在被别人祝福之中。

年 感

钟声一响，已入不惑之年；爆竹声中，青春已成昨天。是谁发明了"年"这个怪东西，它像一把刀，直把我们的生命，就这样寸寸地剁去。可是人们好像还欢迎这种切剁，还张灯结彩地相庆，还美酒盈杯地相贺。我却暗暗地诅咒："你这个叫我无可奈何的家伙！"

你在我生命的直尺上留下怎样的印记呢？

有许多地方是浅浅的一痕，甚至今天想来都忆不起是怎样划下的。当小学生时苦等着下课的铃声，盼着星期六的到来，盼着一个学年快快地逝去。当大学生时正赶上

"文化大革命"的年代，整日乱哄哄地集会，莫名其妙地激动，慷慨激昂地斗争，最后又都将这些一把抹去。发配边疆，白日冷对大漠的孤烟，夜里遥望西天的寒星。这许多岁月就这样在我的心中被烦恼地推开，被急切切地赶走了。年，是年年过的，可是除却划了浅浅的表示时间已过的一痕，便再没有什么。

　　但在有的地方，却是重重的一笔，一道深深的印记。当我学会用笔和墨工作，知道向知识的长河里吸取乳汁时，也就懂得了把时间紧紧地攥在手里。静静的阅览室里，突然下班的铃声响了，我无可奈何地合上书，抬头瞪一眼管理员。本是被拦蓄了一上午的时间，就让她这么轻轻一点，闸门大开，时间的绿波便洞然泻去，而我立时也成了一条被困在干滩上的鱼。后来从事文字工作，当我一人伏案写作时，我就用锋利的笔尖，将一日、几时撕成分秒，再将这分分秒秒点瓜种豆般地填到稿纸格里。我拖着时间之车的轮，求它慢一点，不要这样急。但是年，还是要过的。记得我第一本书出版时，正赶上一个年头的岁末。我怅然对着墙上的日历，久久地像望着山路上远去的情人，望着她那飘逝的裙裾。但她也没有负我，留下了手中这本还散着墨香的厚礼。这个年就这样难舍难分地送去了，生命直尺上用汗水和墨重重地画下了一笔。

想来孔夫子把四十作为"不惑"之年也真有他的道理。人生到此，正如行路爬上了山巅，登高一望，回首过去，我顿然明白，原来狡猾的岁月是悄悄地用一个个的年来换我们一程程的生命的。有那聪明的哲人，会做这个买卖，牛顿用他生命的第二十三个年头换了一个"万有引力"，而哥白尼已垂危床头，还挣扎着用生命的最后一年换了一个崭新的日心说体系。时间不可留，但却能换得做成一件事，明白一个理。而我过去多傻，做了多少赔钱的，不，赔了生命的交易啊！假若把过去那些乱哄哄的日子压成一块海绵，浸在知识的长河里能饱吸多少汁液，假使把那寒夜的苦寂变为积极的思索，又能悟出多少哲理。

时间这个冰冷却又公平的家伙，你无情，他就无意；可你有求，他就给予。人生原来就这样被年、月、时，一尺、一寸、一分地度量着，人生又像一支蜡烛，每时都在做着物与光的交易。但是总有一部分蜡变成光热，另一部分变成了泪滴。年是年年要过的，爆竹是岁岁要响的，美酒是每回都要斟满的，不过，有的人在傻呵呵地随人家过年，有的却微笑着，窃喜自己用"年"换来的果实。

这么想来，我真清楚了，真的不惑了。我不该诅咒那年，倒后悔自己的过去。人，假如三十或二十就能不惑呢？生命又该焕发出怎样的价值呢？

秋　思

　　十月里有机会到吕梁山中去。一进到山的峰谷间，秋浓如酒，色艳醉人。常年生活在城市里的人，真不知道大自然原来是这样地换着时装。这山，原该是披着一件绿裳的吧，而这时，却铺上了一层花毯，那绒绒的灌木、齐齐的庄禾、蔚蔚的森林，成堆成簇，如烟如织，一起拼成了一幅五光十色的大图案。

　　这花毯中最耀眼的就是红色。坡坡洼洼，全都让红墨汁浸了个透。你看那殷红的橡树、干红的山楂、血红的龙柏，还有那些红枣、红辣椒、红金瓜、红柿子等，都是珍珠玛瑙似的闪着红光。最好看的是荞麦，从根到梢一色娇红，齐刷刷地立在地里，远远望去就如山腰里挂下的一方红毡。点缀这红色世界的还有黄和绿。山坡上偶有几株大杨树矗立着，像把金色的大扫帚，把蓝天扫得洁净如镜。镜中又映出那些松柏林，在这一派暄热的色彩中泛着冷绿，更衬出这酽酽的秋色。金风吹起，那红波绿浪便翻山压谷地向天边滚去。登高远望，只见紫烟漫漫，红光蒙蒙，好一个热烈、浓艳的世界。

我奇怪，这秋色为什么红得这样深浓。林业工作者告诉我，这万山一片在春之初本也是翠绿鹅黄的，一色新嫩。以后栉风沐雨，承受太阳的光热，吸吮大地的养分，就由浅而深，如黛如墨；再渐黄而红，如火如丹。就说这红枣吧，春天里繁花满枝，秋时能成果的也不过千分之二三，要经过多少场风吹雨打、蜂采蝶传，才得收获那由绿而红、一粒拇指肚大的红果，这其中浓缩了多少造物者的心血。那满山火红的枫叶则是因为她的叶绿素已经用完，显现红色的花青素已经出现。这是一年来完成了任务的讯号，是骄傲与胜利的标志。

本来，四时不同，爱者各异。人们大都是用自己的心情去体贴那无言的自然。所以春花灼灼，难免林小姐葬花之悲；秋色如水，亦有欧阳修夜读之凉。其实顺着自然之理，倒应是另一种感慨。芳草萋萋，杨柳依依，春景给人的是勃发的踊跃之情，是幻想，是憧憬，是出航时的眺望；天高云淡，万山红遍，秋色给人的是深沉的思索，是收获，是胜利，是到达彼岸后的欢乐。一个人只要是献身于一种事业，一步步地有所前进，他的感情就应该和这大自然一样的充实。我站在这秋的山巅，遥望那远处春天曾走过的小路，不觉想起《钢铁是怎样炼成的》一书中关于年华的那段名言："人，最宝贵的是生命。生命对每个人只有一次，人的一生应该这样度过：忆往事，他不会因为虚度年华而悔恨，也不会因为生活庸俗而羞愧。"我想，不管是少年、青年还是中年人，都请来这大自然的秋色中放眼一望吧。她教你思考怎样生活，怎样去创造人生。

人与石头的厮磨

中国人对于石头的感情久远而又亲近。在没有生命、没有人类以前，地球上先有石头。人类开始生活，利用它为工具，是为石器时代。大约人们发现它最硬，可用之攻其他物件，便制出石斧、石刀、石犁。就是不做加工，投石击兽也是很好的工具。等到人类有了文字后，需要记载，需要传世，又发现此物最经风雨，于是有了石碑，有了摩崖石刻，有了墓碑墓志。只是刻字达意还不满足，又有了石刻的图画、人像、佛像，直到大型石窟。这冰冷的石头就这样与人类携手进入文明时代。历史在走，人情、文化、风俗在变，这载有人类印痕的石头却静静地躺在那里。它为我们存了一份真情、真貌，不管我们走得多远，你一回头总能看到它深情的身影，就像一位母亲站在山头，目送远行的儿子，总会让我们从心底泛出一种崇高，一缕温馨。

人们喜欢将附着了人性的石头叫石文化，这种文化之石又可分两类。一类是人们在自然界搜集到的原始石块，不需任何加工。因其形、其色、其纹酷像某物、某景、某意，暗合了人的情趣，所谓奇石是也。这叫玩石、赏石，以天工为主。还有一类是人们取石为料，于其上或凿、或刻、或雕、或画，只将石作为一种记录文明，传承文化，寄托思想情感的载体。这叫用石，以人工为主。这也是一种石文化，石头与人合作的文化。我们这里说的是后一种。

一

石头与人的合作，首先是帮助人生存。当你随便走到哪一个小山村，都会有一块石头向你讲述生产力发展的故事。去年夏天我到晋冀之交的娘子关去，想不到在这太行之巅有一股水量极大的山泉，而山泉之上是一盘盘正在工作着的石碾。尽管历史已进入二十一世纪，头上飞过高压线，路边疾驰着大型载重车，这石碾还是不慌不忙地转着。碾盘上正将当地的一种野生灌木磨碎，准备出口海外，据说是化工原料。我看着这古老的石碾和它缓缓的姿态，深感历史的沧桑。毋庸讳言，人类就是从山林水边，从石头洞穴里走出来的。人之初，除了两只刚刚进化的手，一无所有。低头饮一口山泉，伸手拾一块石头，掷出去击打猎物，就这样生存。人们的生活水平总是和生产力水平一致的，石器是人类的第一个生产力平台。

随着人类的进步，石头也越来越多地渗透到生活中的角角落落。可以说衣食伴行，没有一样能离开它。在儿时的记忆里就有河边的石窑洞、石板路，还有河边的洗衣石，院里的捶布石，大到石柱石础，小到石钵石碗，甚至还有可以装在口袋里的石火镰。但印象最深的是山村的石碾石磨。石碾子是用来加工米的，一般在院外露天处。你看半山坡上、老槐树下，一排土窑洞，窗棂上挂着一串红辣椒，几串黄玉米。一盘石碾，一头小毛驴遮着眼罩，在碾道上无休止地走着圈子。石磨一般专有磨房，大约因为是加工面粉，怕风和土，卫生条件就尽量讲究些。民以食为天，这第一需要的米面就这样从两块石头的摩擦挤压中生产出来，支撑着一代又一代人的生命。其实，在这之前还有几道工序，春天未播种前，要用石滚子将地里的土坷垃压碎，叫磨地。庄稼从地里收到场上后，要用石碌碡进行脱粒，叫碾场。小时最开心的游戏就是在柔软的麦草上，跟在碌碡后面翻跟斗。前几天到京郊的一个村里去，意外地碰到一个久违了的碌碡，它被弃在路旁，半个身子陷在淤泥里，我不禁驻足良久，黯然神伤。我又想起一次在山区的朋友家吃年夜饭，那菜、那粥、那馍，都分外的香。老农解释说："因为是石头缝里长出来的粮食，又是石磨磨出来的面，土里长的就比电磨加工的要香。"我确信这一点，大部分城里人是没有享过这个福的。当人们将石器送到历史博物馆时，我们也就失去了最初从它那里获得的那一份纯情和那一种享受。正如你盼着快点长大，你也就失去了儿时的无忧和天真。

生产力的发展变化，在石头上所体现的最好标志，就是一块石头由加工其他产品的工具，变成被其他工具加工的产品。二十年前，我第一次到福建出差，很惊异路两边的电线杆竟是一根根的石条，面对这些从石地层里切挖出来的"产品"，真是不可思议。又十年后我到绍兴，当地人说有个东湖你一定要看。我去后大吃一惊，这确实是个湖，碧波荡漾，游船如梭，湖岸上数峰耸立，直逼云天。但是待我扶着危栏，蜿蜒而上到达山顶时，才知道这里原来并不是湖，而是一处石山。当年秦始皇统一天下后，全国遍修驿道，需要大量石条，这里就成了一个采石场。现在的山峰正是采石工地上留下的"界桩"。看来当时是包工到户，一家人采一段，那"界桩"立如剑，薄如纸，是两家采石时留下的分界线，有的地方已经洞穿成一个大窗户。刚才看到的湖面，是采过石后的大坑，一根一根石条就这样从石山的肚子里、脚跟下抽出来。"沧海变桑田"是指大自然的伟力，这时我更感悟到人的伟力，是人硬将这一座座石山切掉，将石窝掏尽，泉涌雨注，就成湖成海了。

后来我又参观了绍兴的柯岩风景区，那也是一个古采石场。不过不是湖，而是一片稻田，如今已成了公园。园中也有当年采石留下的"界桩"，是一柱傲立独秀的巨石，高近百米，石顶还傲立着一株苍劲的古松。可知当年的石工就从那个制高点，一刀一刀像切年糕一样将石山切剁下来。这些石料都去做了铺路的石板或宫殿的石柱。我们的祖先就是这样以血肉之手，以最原始的工具在石缝里拼生活啊。前不久我看过一个现代化的石料厂，是从意大利进口的设备，将一块块如写字台大小的石头固定在机座上，上面有七把锯片同时拉下，那比铁还硬的花岗岩就像木头一样被锯成薄如书本、大如桌面的石片。石沫飞溅，一如木渣落地。流水线尽头磨洗出来的成品花色各样，光可照人，将送到豪华宾馆去派上用场。远看料场上摆放着的石头，茫茫一片，像一群正在等待屠宰加工的牛羊，我一时倒心软起来，这就是数千年前用来修金字塔、修长城、建城堡的坚不可摧的石头吗？

经济学上说，生产力是人类改造世界的能力，它包括人、工具和劳动对象。这石头居然三居其二，你不能小看它对人类发展的贡献。

二

石头给人情感上的印象是冰冷生硬，有谁没有事会去抚摸或拥抱一块冰冷的石头呢？但正如地球北端有一个国家名冰岛，那终年被冰雪覆盖着的国土下却时时冒出温泉，喷发火山。这冰冷的石头里却蕴藏着激荡的风云和热烈的思想。

我第一次从石头上读政治，是一九九四年一月初到桂林。谁都知道，桂林是个山水绝佳之地，我也是本着这份心情去寄情自然、赏心娱性的。当游至龙隐崖时，主人向我介绍一块摩崖石刻，因文字仰刻在洞顶，虽经八百年，却得以逃脱人祸、水患。细读才知是有名的《元祐党籍碑》。说是碑，实际上就是一个黑名单。在这明媚的湖光山色中猛见这段历史公案，不由心头一紧，身子一下落入历史的枯井。这碑的书写者是在中国历史上可入选奸臣之最的蔡京。宋朝自赵匡胤夺权得位之后，跌跌撞撞共三百三十七年，好像就没有干出什么光荣的大业，倒是演绎了一部忠奸交织图，并且大都是奸胜于忠。宋神宗年间国力贫弱，日子实在混不下去了，朝廷便起用新党王安石来变法。神宗死后，改年号元祐，反对变法的旧党得势。等到宋徽宗即位，新党势力又抬头。蔡京正在这时得宠，他便借机将自己的政敌统统打入旧党名单，名为元祐奸党。并且于崇宁四年（一一零五年）讨得皇帝旨，亲自书写成碑，遍立全国各地，要他们永世不得翻身。把黑名单刻在石头上，这是蔡京的发明。

在这块黑硬阴冷的石刻前，我不禁毛骨悚然。细读碑文，黑名单共三百零九人，其中有许多名人大家，如司马光、文彦博、苏东坡、秦观、黄庭坚等。这些人不说政见政绩，就说他们的诗书文章，也都是一代巨星。蔡本人也算是个大文人，书与画亦很出色，当初他就是靠着这个才得以接近徽宗。但他一旦由文而政，大权在手，整起人来却如此心狠，更难得他在政治斗争中又很会使用石头这个工具。当初中国猿人刚学会以石击兽猎食求生时，万没有想到几十万年后的政坛官僚会以石来上悦君王、下制政敌。更难得这蔡京上下两手都得纯熟。当他要取悦君王，以求进身时，用的是天然无字之石。蔡京经仔细观察，发现宋徽宗极好玩石，他就让心腹在南方不惜代价，广搜奇石。为求一石跋山涉水，挖坟掘墓，拆人庭院。有大石运京不便，沿途就征用民船，拆桥毁路，这便是历史上有名的"花石纲"之祸。这事连徽宗也觉得有点心虚，蔡京就说："陛下要的都是山野之物，是没有人要的东西，有何不可？"真会给主子找台阶下。当他要对付政敌时，用的是有字的石头。他看中了石头的经久耐磨，要刻书其上，让政敌万世不得翻身。不想后人又将此碑重刻，以作为历史的反面教员。

因为有了这次由石悟史的经历，以后我就留意石头上的野史。

封建时代普天之下莫非王土，这石头当然首先要为皇家服务。中国历史上文治武功较突出的秦皇汉武、唐宗宋祖、明太祖、清康熙乾隆七位名君，除汉武、宋祖外，我见过他们其余五人留下的石头。今泰山脚下的岱庙里有秦始皇二十八年东巡时的刻石，北宋时还有一百三十六字，现只剩下九个字了。现太原晋祠存有唐太宗李世民亲笔书的一块《记功铭》，四面为文。我得一拓片，展开有一面墙之大，甚是壮观。那个乞丐出身的朱元璋很有意思，他与陈友谅大战于鄱阳湖，正不分上下时，得一疯人周颠指点而胜，朱得江山后亲自撰文，在鄱阳湖边的庐山最高处为之立碑，现在御碑亭成了庐山的一个重要景点。康熙、乾隆的御制诗文极多，这是世人皆知的。中国几乎任何一处著名的风景点或庙宇里都能看到他们的碑刻，但大多是"到此一游"之类。

石头记事，确实可以千古不朽，于是就生出另一面的故事，有钱有势的就想尽量刻大石，多刻石。但是如果你的名和事不配这个不朽，不配流芳百世呢？那就适得其反，留下了一份尴尬，又为历史平添了一点笑话。这石愈大，就尴尬愈大，笑话愈大。山东青州有一座云门山，石壁上刻有一巨大的寿字，就是一米七八的小伙子，也没有寿下的"寸"字高。游人在山下，仰首就可看到。原来当年这里曾是朱元璋的后代衡王的封地，他在嘉靖三十九年为筹办自己的祝寿庆典，特意搞了这么一个"寿"字工程。但是如今除了山上的寿字和山下孤零零的一个空牌楼，衡王府连只砖片瓦也找不到了。衡王这个人如不专门查史，也是没人知道。寿字倒是长寿至今，那是因为它的书法价值和旅游的用途，衡王却一点光也沾不了。

河北正定去年才出土的一块残碑，也是对立碑人的最大讽刺。这碑我们现在已不能称之为碑了，因为它已断为三截。但是大得出奇，只驮碑的赑屃就比一辆小汽车还大，这是目前国内多处碑林中未曾见过的巨制。奇怪的是，如此辉煌的记功碑既不是出自大汉盛唐，也不是出于宋元明清，据查它出自中国历史上一个短暂纷乱的小王朝——五代时的后晋。从碑身可以看出字迹清晰，石色未经风雨洗磨，碑立好不久便入土为安了，而且碑文中所有涉及碑主人的名字多处都被剔毁。经考证，碑主是一个小军阀，是此地的节度使，乱世之际他手里有几个兵也就做起了开国称帝的梦，并且预先刻好了记功请颂之碑，不想梦未成就祸临头了，他被杀身，碑也被活埋。这段公案直到一千多年后，正定县修路时，才在现代挖掘机的咔嚓声中重见天日。于是我想到，这厚厚的土地下不知埋藏着多少不朽的石头，和石头上早已朽掉了的人物。

上面说的是流传至今的成碑，还有一种是未及成形的夭折之碑。我见到最大的夭折碑是南京阳山的特大"碑材"。现在较多的说法是朱棣篡位称帝后，准备为他的父亲朱元璋修孝陵时所采的石材。它实在太大了，从初步形成的情况看，碑座长二十九点五米，宽十二米，高十七米，重约一点六万吨；碑首长二十二米，高十米，宽十点三米，重六千一百一十八吨，碑身长五十一米，宽十四点二米，厚四点五米，重约八千八百吨。总计合三万多吨。据传，当时为开采此石，用数千工匠，每人每天限出碎石三斗三升，出不完即死。山下新坟遍野，至今仍有村名"坟头"。当时用的是笨办法，先将石料与山体凿缝剥离，然后架火猛烧，再以冷水泼在石面，热胀冷缩，一层层地激起碎石。至今石上还有火烤烟熏的痕迹。千万人、千万时的劳动还是敌不过自然的伟力，人们虽可勉强将这个庞然大物从山体上剥离，但如何运进城去却是个难题，于是它就这样永远地躺在了山脚下。如今现代化的高速公路从碑石下穿过，这巨石就如一头远古时的恐龙或者猛犸象，终日瞪着好奇的眼睛看着来往的车流。

如果你读不懂这块三万吨的巨石，就请先读读明史，读读朱棣。朱棣是朱元璋的第四个儿子。本来轮不到他来做皇帝，他也早被封为燕王，驻地就是现在的北京。但他起兵南下，夺了他侄儿的帝位，然后迁都北京。朱棣很有雄才大略，平定北方，打击元朝残余势力，也很有功，但人极残忍。他窃位后自知不合法，便施高压，收拾异己。他要名士方孝孺为他起草即位诏，方不从，他就以刀割其口，又株连十族，共八百七十三人。兵部尚书铁铉不从，就割其耳鼻，又烹而使之食，问："甘否？"铉答："忠臣之肉有何不甘。"大骂而死。他将政敌或杀或充军，妻女则送军内转营奸宿。不可想象，在中国已经历了唐宋成熟期的封建文明之后，还有这样一位残暴的最高统治者。但他又装出很仁慈，一次到庙里去，一个小虫子落在身上，他忙叫下人放回树叶，并说："此虽微物，皆有生理，毋轻伤之。"朱棣既有野心和实力夺帝位，又要表现出仁孝，表示合法，于是他就想到为父亲的陵寝立一块最大的石碑。这或许有赎罪和安慰自己灵魂的一面，但正好表现了他的霸气和凶残，这是一块多么复杂的石头。中国历史上三百三十四个皇帝中，叔夺侄位、迁都易地、另打锣鼓重开张的就朱棣一人。这块有三万吨之重，非碑非石，后人只好叫作"碑材"的也只有这一例。它像神话中的人头兽身怪，是兽向人嬗变中的定格。

如果说，正定大残碑是一个未登皇位的人梦中的龙座，阳山大碑材就是一个已登皇位者，为自己想立又没有立起来的贞节牌坊。而许许多多有诗有文的御碑，则是胜者之皇们摇头晃脑、假模假样的道德文章。武则天倒是聪明，在她的陵前只有一块无字碑，她让后人去评、去想。但这也有点作秀，是另一种立传碑。"菩提本无树"，要是真洒脱又何必要一块加工过的石头呢？唐太宗说以史为镜，史镜的一种形式就是石头，后人从石镜里照出了所有弄石人的心肝嘴脸，就是那些偷偷的小动作和内心深处的小把戏也分毫毕现。

当然，石头既是山野之物，又可随时洗磨为镜，便就谁也可以用来照人照世、表达思想、褒贬人物了。上面说的是宫廷之碑，民间也有许多著名的碑刻成了我们历史文化的里程碑。如我们在中学课本里学过的《五人墓碑记》等，其激越的思想、感人的故事与坚强的石头一起经过历史的风雨，仍然闪烁着理性的光芒。成都武侯祠有岳飞书《出师表》石刻，一笔一画如横出剑戟，一点一捺又如血泪落地。石头客观公平，忠也记，奸也记，全留忠奸在青石。民间的说法就更是常书写在石头上。胡适说："中国文学史何尝没有代表时代的文学，但是我们不应该向那古文史里去找。应该向旁行斜出的不肖文学里去找寻。"了解中国的政治史也应该除二十四史外，到路边或旧宅的古石块上去找寻。

在我看过蔡京《元祐党籍碑》之后八年再到桂林，却意外地见到一块惩贪官碑。碑文为："浮加赋税，冒功累民。兴安知事，吕德慎之纪念碑。民国五年冬月闰日公立。"指名道姓，为贪官立碑，彰显其恶，以戒后人，全国大概仅此一例，其作用正如朱元璋将贪官剥皮填草立于衙堂之侧。

我当记者时，在家乡山西还碰到一件为清官立碑的事。从前山西晋城产一种稀有兰草，岁岁进贡。然此地崇山峻岭，崖高林密，年年因采贡品死人。就是那年我们上山时也还无路可通，要手足并用，攀岩附藤而上。有一任县令实在不忍百姓受苦，便冒欺君之罪，谎报因连年天旱此草已绝迹，请免岁贡。从此当地人逃此苦役，百姓为其立碑。封建时代人们盼清官，所以就留下不少这类的刻石。现在武夷山的文庙里还保存有一块宋太宗赐立各郡县的《戒石铭》："尔俸尔禄，民脂民膏，下民易虐，上天难欺。"还有那块被朱镕基推崇引用的《官箴》碑："吏不畏吾严，而畏吾廉；民不服吾能，而服吾公。公则民不敢慢，廉则吏不敢欺。公生明，廉生威。"此石原为明代一州官的自警碑，到清代被一后继者从墙里发现，又立于署衙之侧以自警，再到朱镕基之口，是一根廉政接力棒，现存西安碑林。

大约人自从有了思想，就一天也没有停止过利用石头来表达它。权贵们总是想把石头雕成一根永恒的权杖，洁身自好者就用它来磨一面正形的镜子，而老百姓则将它用作代言的嘴巴。无论岁月怎样热闹地更替，人类演化出多少缤纷的思想，上帝却只用一块石头，就将这一切静静地收藏。

三

前面说过，没有哪一个人愿意怀抱一块冰冷的石头。但是，这石头确确实实每时每刻都在人类的怀抱里温暖着，一代代传递着。于是"入石三分"，那石面石纹里就都浸透着人文的痕迹。人们不知不觉中，除了将石头用作生产生活的工具外，还将它用作记录文明、传承文化的载体。就文化的本意来说，它是社会历史活动的积累。为了使辛苦积累的东西不至失去，石头是最好的载体。一来因其坚硬，耐磨损，不像纸书本那样怕水怕火；二来因其本就处在露天，体势宏大，有较好的宣示功能。所以以石记史，以石为文就代代不绝。

人以文化心理刻石大概有这样几种类型：

一是为了表达崇拜，宣扬精神。最典型的是佛教的石窟、石刻和摩崖造像。敦煌、麦积山、云冈、龙门、大足，佛教一路西来，站站都留下巨型石窟。这都要积数代人的力量才能成。像乐山大佛那样，将一座山刻成一个大佛，用了九十年的时间，这需要何等惊人的毅力，而且必须有社会的氛围，这只有宗教的信仰力才能办到。泰山后面有一道沟，竟将一部《金刚经》全刻在流水的石面上，每个字有桌面之大，这沟就因此名"经石峪"。但也有的是为了宣扬其他。冯玉祥好读书，他住庐山时心有所悟，就将《孟子》的一整段话，叫人刻在对面的石壁上。经石峪和庐山我都去过，身临文化的山谷之中，俯读经文，佛心澄静；仰观圣言，壮心不已，你会感到一股这石头文化特有的磅礴之力。

古人凿山为佛的场景我无法亲历，但现代人一件借石表忠的事我倒是亲自体味过。上世纪八十年代初，我在山西当记者，一天沁水县（作家赵树理的家乡）的书记来找我，说他那里出了一件奇事，也不知该不该宣扬。我到现场一看，原来是一位老村干部为毛主席修了一座纪念堂。堂不足奇，奇的是他硬在一块巨石上用手抠出了这座"堂"。当时，毛主席去世不久，这位深感其恩的老村干部，决心以个人之力为伟人建一座堂，而且暗发宏愿，必须整石为屋。他遍寻附近的山头，终于在村对面山上找见一块巨石，就背一卷行李、一口小锅住在山上。他一锤一錾，每天打石不止，积年余之力，居然挖出一座有四米直径之大的圆房子。老人将毛主席的像端挂正中。他又觉得山太秃，想引来奇花异草，依稀知道有一本记载植物的书叫《本草纲目》，就向卫生部写信，卫生部居然还寄来了许多种子，我去时山上已一片青翠。当时正好农村推行改革政策，村里就将这山承包给了老人。当初，人们都说这老人是疯子，现在则羡慕不已。这种借坚石而表诚心的方式中外同一。上个月我从泰国归来，那里有一座佛城，巨大的佛殿里，八百多块花岗石碑全部刻满经文。这则全靠国家的力量。

第二种是为了给后人积累知识、传递信息。那一年我到镇江，在焦山寺碑林里见到一方石头，上面刻有一幅地图，名《禹迹图》，是大禹治水、天下初定后的版图。这幅石地图用横竖线组成五千八百三十一个方格，每格合百里，比例为一比四百二十万，上面有山川河流及五百五十一个地理名称。这是我见到的最久远的地图，它刻于宋绍兴十二年（一一四二年），英国人李约瑟说这是世界上最杰出的古地图。现在河北保定原清直隶总督的大院内保存着十六幅《御题棉花图》刻石。乾隆三十年（一七六五年），时任总督的方观承考察北方的棉花种植生产流程后，亲手绘制了十六幅工笔绢画，图后配有说明文字，呈送乾隆皇上御览。乾隆仔细研究过后，于每幅图上题诗一首。这回皇上写的诗也还文风淳朴，有亲农爱民之情，比如第二幅的《灌溉》："土厚由来产物良，却艰治水异南方。辘轳汲井分畦溉，嗟我农民总是忙。"皇帝亲自题诗勒石承认农民的辛苦，恐怕在中国历史上也仅此一例。这图文并茂的十六幅石刻永远留在了直隶总督衙门，成为我们中国农业科技史的重要资料。人们考证，最早的木版连环画大约可以追溯到明万历年间，而这《棉花图》很可能就是第一本刻在石头上的连环画。

最近我到甘肃麦积山又有新的发现，这里存有一块刻于北魏时期的释迦牟尼成佛过程的浮雕碑，应该是更古老的石刻连环画。现在长江大坝已经蓄水，有谁能想到百米水下将要永远淹没一段石上的文化？原来在涪陵城的江面上有一道石梁，水枯时现，水丰时没，古人就用它刻记水文的变化。石长一千六百米，一千一百年来竟刻存了一百六十三段，三万余字的记录，还有飞鱼图案。考古学家习惯将地表数米厚的土壤称为文化层。人们一代一代，耕作于斯，歇息于斯，自然就于这土层中沉淀了许多文化。那么，突出于地表的石头呢，自然就更要首当其冲地记录文化，它不仅是文化层，更是文化之碑，历史之柱。

第三种是人们无意中在石上留下的关于艺术、思想和情感的痕迹。司马迁说"桃李不言，下自成蹊"，在无言的石头面前，岂止是"成蹊"，人们常常是诚惶诚恐地膜拜。山东平度的荒山上至今还有一块著名的《郑文公碑》，被尊为魏碑的鼻祖。每年来这荒野中朝拜的人不知有多少。那年我去时，由县里一个姓于的先生陪同，他说日本人最崇拜这碑，每年都有书道团来认祖。真的是又鞠躬，又跪拜。一次两位老者以手抚碑，竟热泪盈眶，提出要在这碑下睡一夜。于先生大惊，说在这里过夜还不被狼吃掉？这"碑"虽叫碑，其实是山顶石缝中的两块石头。先要大汗淋淋爬半天山路，再手脚并用攀进石缝里，那天我的手就被酸枣刺划破多处。我来的前两年刘海粟先生也来过，但已无力上山，由人扶着坐在椅上，由山下用望远镜向山上看了好一会儿。其实是什么也看不见的，只是了一个心愿。现在，这山因石出名，成了旅游点，修亭铺路，好不热闹。

人对石的崇拜，是因为那石上所浸透着的文化汁液。石虽无言，文化有声。记得徐州汉墓刚出土，最让我感动的是每个墓主人身边都有一块十分精美的碑刻，今天都可用作学书法的范本。但这在当时就是一个普普通通的丧葬配件，平常的如同墓中的一把土。许多现在已被公认的名帖，其实当年就是这样一块墓中普通的只是用来干别的事情的石头，本与书法无关。如有名的《张黑女碑》，人们临习多年，赞颂有加，至今却不知道何人所写。就像飞鸟或奔跑的野物会无意中带着植物的种子传向远方。人们在将石头充作生活用品和生产工具时，无意中也将艺术传给了后人。

那一年我到青海塔尔寺去，被一块普通的石头大大感动。说它普通，是因为它不同于前面谈到的有字之石。它就是一块路边的野石，其身也不高，约半米；其形也不奇，略瘦长，但真正是一块文化石。当年宗喀巴就是从这块石头旁出发去进藏学佛。他的老母每天到山下背水时就在这块石头旁休息，西望拉萨，盼儿想儿。泪水滴于石，汗水抹于石，背靠小憩时，体温亦传于石。后来，宗喀巴创立新教派成功，塔尔寺成了佛教圣地，这块望儿石就被请到庙门口。

现在当地虔诚的信徒们来朝拜时，都要以他们特有的生活习惯来表达对这块石头的崇拜。有的在其上抹一层酥油；有的撒一把糌粑，有的放几丝红线，有的放一枚银针。时间一长，这石的原形早已难认，完全被人重新塑出了一个新貌，真正成了一块母亲石，就是毕加索、米开朗琪罗再世，也创作不出这样的杰作。那天我在石旁驻足良久，细读着那在一层层半透明的酥油间游走着的红线和闪亮的银针。红线蜿蜒曲折如山间细流，飘忽来去又如晚照中的彩云。而错落的银针，发出淡淡的轻光，刺着游子们的心微微发痛。这是一块伟大的圣母石。它也是一面镜子，照见了所有母亲的慈爱，也照出了所有儿女们的惭愧。这时不分信仰，不分语言，所有的中外游人都在这块普通的石头前心灵震颤，高山仰止。

当石头作为生产工具时，是我们生存的起码保证；当石头作为书写工具时，是我们传承文明的载体；而当石头作为人类代代相依、忠贞不贰的伴侣时，它就是我们心灵深处的一面镜子。无论社会如何进步，天不变，石亦不烂，石头将与人相厮相守到永远。

山西这块土地

一

造物者真是高明，她抬起太行、吕梁两座大山，在黄土高原上这么随便一摆，又扯来黄河从上到下轻轻一绕，一块美丽而又神奇的土地——山西，就这样出现在华北大地。

这块土地是奇特的，她东依太行西临黄河，面积为十五万六千平方公里，其间群峰耸立，河流如织，切割组合而成盆地、平原、丘陵，但以山地最多。于是山关展其巍峨，流水呈其绿波，林木郁郁葱葱，道路蜿蜒穿梭，特别是那滔滔的黄河以从天而降的气势，挟雷擎电，推起千里巨浪；那层层的黄土地，敞开无私的胸怀，向人们捧献着米麦棉朵。勇敢、诚实、纯朴、开拓，就是山西这块土地的性格。

二

约在十万年前，我们的祖先便选中了山西这块地方，于此生息繁衍，创造文明。传说中的尧、舜、禹都曾在这里建都，东周时唐叔虞在这里建立唐国，后又改为晋。春秋时三国分晋，一部东周列国志几乎没有离开山西这个舞台。秦始皇统一天下，设太原郡。汉武帝灭匈奴又在这里大摆战场。南北朝时，北方各族在这里实现了中国历史上第一次民族大融合。隋统一天下，太原为全国第三大都市。不久，李世民又从太原起兵，西渡黄河，而开创了强大的唐帝国，太原又被封为北京。到宋代这里又演出了一本杨家将。辽宋之际，诗人元好问来这里隐居著书，明清之交学者傅山在这里治学行医。风雨五千年，文明一千里，至今从太行到吕梁的万山丛中文物古迹俯仰皆是，现存的古建筑竟占到全国总数的百分之七十。

这块土地是中华历史的缩影，是我们民族文化的凝聚。

三

让我们从北往南旅行。

雁北大地上最引人注目的便是长城。她逶迤苍茫，时隐时现于崇山峻岭之中，古老的边墙上刻满岁月的皱纹，那位立的烽火台永远给人一种历史的沉思。长城脚下是北魏曾建都的名城大同。大同之西有云冈石窟，东有北岳恒山，南有应县木塔。进入这个三角地带我们即穿过历史的隧洞来到了这些古代建筑家面前。你看，他们用原始的锤和斧，对着巍然矗立的大山一点一点地群，一线一笔地刻。这些艺术家满山遍野四方人，锤声不绝五十年。他们又在恒山半壁上，像搭戏台一样，悬起一组寺庙，在应县城用全木叠起一座比北京北海白塔还高的木塔。他们凿山起寺之后按自己的意志塑造了菩萨、飞天，给这些艺术之神以人的灵魂，石的躯体。

如果说大同周围启示我们的是人的伟大创造，五台山展示给我们便是自然的扭力。这是一个以台怀镇为中心，包括五座台顶的大圆圈。圆圈内是一个三百平方公里的清凉世界。你在山脚下行走，清清的溪水挡着路、绊着脚，水波舔着脚面，凉意爬上全身。这里半山上有树，松荫蔽日，山顶上有草，牛羊人云。这实在是人间不该有的地方，所以佛教徒们从东汉年间便来到此地，说这是释迦牟尼指定他们活动的地盘。至今这里仍殿宇相连，香火不绝。壮丽的河山再多了一层佛家的朦胧，便就更美得神秘了。

太原之美当数晋祠。她既不像长城、云冈那样人力创造的粗犷，也不像五台山那样天工造就的秀丽。这里的山并不大，却怀抱了周柏、唐槐、宋殿和唐碑、宋塑等一批极珍贵的文物。水并不深，却飘飘冉冉，穿亭绕树，在北国绣出了一个江南。自然美与艺术美在这里完全水乳交融在一起。一株天生的古木其年轮里早不知织进了多少人事的更替；一根挺立在这里的殿柱又不知渗进了多少朝朝代代的风雨。从周成王在山脚下剪桐封弟到博山在亭上临水题字，晋祠不知演出了多少风流故事。

晋南平原的文化较其他地方更为发达。这里论天险有壶口瀑布、龙门激浪，论人物有王维、柳宗元、司马光，论古迹有尧庙、禹都，汉武帝亲临的秋风楼，关羽家乡的关帝庙，而最珍贵的当数芮城的永乐宫。这是一件建筑与绘画合璧的艺术品。她于元代兴建，施工期竟长达一百一十多年。四座大殿内的壁画达九百六十平方米，为我们再现了元代人民生活的概貌。其技法集唐、宋之大成，而独创永乐风格，堪与敦煌壁画媲美。如果说我们从北往南的旅行还总是离不开山水的怀抱，现在只要一进永乐宫门，便是在一座艺术宫中神游了。每年到此临摹研究壁画的画家学者络绎不绝。

其他地方，自然还有更多的名胜。山西这块土地确实浸满了历史文化与艺术的汁液。